島嶼新日常

無條件基本收入制的台灣想像

加拉巴哥8（2025）著

SciFaSaurus

《島嶼新日常：無條件收入制的台灣想像》以未來敘事探索基本收入在 AI 科技、環境變遷、性別與階級、世代衝突等交織結構下的實施可能，突破傳統社會福利框架，為台灣社會安全網的強化帶來政策上的啟發與想像，是值得大眾閱讀與討論的作品。

——張祐綾　美國加州大學柏克萊分校社會福利學院副教授

AI 搶工作沒關係！我們搶錢——搶的是公平分配的未來。UBI 是面對自動化時代的必要設計，讓所有人都能保有人性與尊嚴。世界在急速演化，我們需要用故事為未來命名，為社會設計新的想像力。

——葛如鈞 寶博士　國立臺灣大學兼任助理教授

馬可·奧理略曾言：「你唯一擁有的自由，是如何面對這個世界的選擇。」在 AI 重塑工作與分配邏輯的時代，《島嶼新日常》以無條件基本收入（UBI）為起點，引領我們想像未來社會的新可能。這不僅是一本書，更是一封寫給未來的信，提醒我們：科技越進步，人性與選擇的自由越不容忽視。

——鄭勝丰　Gogolook 創辦人暨董事長

時代在變，錢與工作的定義也在改變。UBI 不是萬能，但沒有 UBI 的世界萬萬不能。

只要解放想像力的束縛，轉念就能終結現代奴隸制。

若問錢從哪裡來？地球的豐饒足夠餵飽每個人，但無法滿足一個人的貪婪，碳稅UBI的錢絕對夠，歡迎大家了解「碳稅聯盟」的主張。

——潘翰聲　碳稅聯盟 共同發起人

「馬奎斯《百年孤寂》名言『世界太新，很多東西還沒有名字，必須用手去指。』

世界的巨大改變，都是從微小處開始的。世界一直在變，需要解放想像力。」

——蔡壁如　前臺中市政府顧問

無條件收入制度像是科幻世界中的一枚訊號彈，它未必帶來解方，卻在階級日益固化的亞洲社會中，引發必要的想像與辯證。本書透過故事的敘事方式，邀請我們一同思考「制度的另一種可能，是否值得一試？」

——葛昌惠　大學教師、藝文創作者

當政府愈加頻繁以發放現金方式解決社會問題，代表UBI實現的那一天不遠了！這本書引領我們走進UBI實施後的生活日常，一個人人為自己負責，擁抱夢想，充滿光與愛的世界。

——黃崇祐　大學教師、《提著菜籃聊憲法》作者

如同許多曾被視為不可能的科幻想像，最終——在現實中落地成形，無條件基本收入（UBI）的概念，也正悄然接近我們的生活。這本文集如同一款嶄新的 App，將未來的可能性下載至我們的腦海——文字不只是描繪，而是植入願景。當愈來愈多人開始理解並想像UBI的世界，願力也將隨之聚集，推動這個看似遙遠的理想，走向實現的路途。

——曾彥菁　《有一種工作，叫生活》作者

這是一本遙望未來的書。

當我們在談論未來時，談論的其實是人。

為此，聯合國在2015年提出了17項「永續發展目標（SDGs）」，這是一份試圖為全人類描繪更美好世界的草圖。

本書的故事，則是我們對這份草圖的想像與詰問。

本書所觸及到的SDGs項目簡介：

消除貧窮

消除各地一切型式的貧窮。

健康與福祉

確保各年齡層人群的健康生活與福祉。

優質教育

確保包容與公平的優質教育，並促進全民終身學習機會。

5 GENDER EQUALITY

性別平等

促進包容與永續的經濟發展，實現人人都能擁有具生產力又體面的工作機會。

8 DECENT WORK AND ECONOMIC GROWTH

體面工作與經濟成長

促進包容與永續的經濟發展，實現人人都能擁有具生產力又體面的工作機會。

9 INDUSTRY, INNOVATION AND INFRASTRUCTURE

產業、創新與基礎設施

建設具韌性的基礎設施，促進包容與永續的產業發展，並鼓勵創新。

10 REDUCED INEQUALITIES

減少不平等

減少國家內及國際間的不平等。

11 SUSTAINABLE CITIES AND COMMUNITIES

永續城市與宜居社區

建設包容、安全、有韌性與永續的城市與人類聚落。

16 PEACE, JUSTICE AND STRONG INSTITUTIONS

和平、公義與有力制度

促進和平且包容的社會以實現永續發展，讓全人類皆能獲得司法公正，並在各層級建立有效、負責且包容的制度。

目錄

推薦序

不妨試想，如果人生就是場遊戲？

李品逸（台灣無條件基本收入協會 常務理事）

你喜歡玩遊戲嗎？我從小就是熱愛線上遊戲的孩子，因為那個世界有著太多的可能性，讓人深深著迷。

想必大家都聽過所謂「人生如戲」，但比起用戲劇來形容人生的無常和高低起伏，我更喜歡把人生比喻為遊戲，一款有著豐富的人設、完整的故事背景、擬真的NPC角色，搭配各式關卡、故事線、無數大小任務的MMORPG。甚至，虛擬和現實的界線，早已隨著科技發展而愈加模糊了。

當虛擬世界越來越接近現實，是否正代表我們現在所身處的現實世界，更可能是個虛擬實境？

確實，我們的現實存在著許多相似於遊戲的最高權限設定。好比宇宙速度極限被定義為光速，但宇宙膨脹速度卻又快於光速，即便那漫天星辰確保人類對於宇宙有著無限的好奇，卻又註定永遠離不開這宇宙；我們稱之為物理、科學。從古至今，但凡出現文明的社會就有著信仰，雖然不知最早從何聽來，我們發自本能地對於未知的力量感到敬畏，有些人終其一生都帶著疑問，但仍會選擇寧可信其有；我們稱之為宗教、神學。

那些現代文明無法解釋的世界奇觀，會不會就只是遊戲趕上線的 Bug？數不勝數的星座、八字、命盤、面相、占星、預言……是否像極了各式關卡 NPC 的遊戲故事線提示；當然，作為玩家的我們可以不予理會，但若是參考起來，又真的有機會提升遊戲體驗。怪不得許多人說，科學的終點是玄學。

再拉遠一些，當我們離開世界的那秒，也許不過是在一個沉睡艙中醒來，後腦連接著亂中有序的線路，全身穿戴著高科技裝置作為我們意念上的受器和動器，眼前出現全息投影，回顧著我們在這款《The Earth》的遊戲世界裡，花了一百年都幹了些什麼。然後，這一百年的「表現」會決定我們下一次登入遊戲時可以抽中頂配角色的機率。這不就是傳說中的輪迴嗎？

當然可以大開腦洞地繼續想下去，但或許「真相」並不那麼重要，畢竟我們大概率也無從知道。真正重要的是當你認知到人生可能就是款遊戲，你還會願意繼續現在的生活模式嗎？日復一日的工作、社交、不知所謂的忙活？轉念之間，你的人生「目的」是否會就此發生了改變？如果會的話，為何不從現在開始，換上「玩家」的身分，重新為了生活而去生活。

試想，人為什麼要玩遊戲？肯定是因為遊戲比現實要更好玩，甚至不得不說，《The Earth》絕對是款3A巨作。所以身在遊戲中的我們都是非常幸運的，尤其抽中台灣，要知道以全球新生兒數量來說，出生在台灣可是極度稀有的千分之一。

想像在我正式登入遊戲前，旁白應該是這麼說的：

「您在《The Earth》前生表現良好，創世神賦予您篩選今世角色的權利，請從以下 200 餘個國家選項中，篩選您理想中的十個出生地，並點擊命運輪盤。」

「恭喜您正式獲得台灣 Taiwan 公民身分！台灣是個小島，有人讚嘆她的美而稱其為 Formosa，有人因戰略價值把台灣比喻為永不沉默的航空母艦。在您誕生的西元1995年，台灣實施了全民健康保險制度，李登輝總統更在美國和中華民國政權斷交後，首次以時任元首身分出訪美國，逐步奠定下民主化發展的基石，歷史巨輪在時空的脈絡中，為台灣人民種下了長遠利國利民的制度基因。」

「台灣沒有充沛的自然資源如土地、礦產、石油、天然氣，能源和糧食皆高度仰賴進口。但在你25到30歲之間，台灣的制度優勢會透過全球 Covid 疫情、AI 產業鏈發展而逐一彰顯，並再再地成為國際政經焦點。石油世代從1927年紅線協定起算，對於世界格局的深遠影響近乎百年；隨著人類文明即將邁入 AI 和算力世代，半導體、高階晶片將是未來三十年的兵家必爭之地，而你將會誕生在下一世代的油田。」

「您的角色故事性極具可塑性和延展性，上限因為國際情勢和秩序發生重置、科技和產業出現結構性變革而有著無盡的可能性，下限也能保底讓你過上平凡的小日子，但屬於你的遊戲體驗，就靠你去創造了……」

1995年，我在台北市出生，沒有含著金湯匙，爸媽互動之間仍有愛情，打從有記憶以來就是驕傲的姊寶，可喜可賀。

2020年，我在起步並不順的新創冒險後，居然又選擇投入非常早期的創業項目，連薪水都沒了。領著人生第一筆失業救濟金，仰仗著學歷接了國中家教賺些生活費。想想，我之所能夠如此任性，並不是因為我有多特別，只是因為我至少不用擔心失去住所、不必擔心溫飽。

同年，我加入 UBI Taiwan 推動基本收入倡議，起心動念只是認為許多人不一定像自己有機會做出如此任性的選擇，被迫讓生存焦慮推動著年復一年，想說找個同溫層，讓工作職涯以外的第二人格偶爾出來放風，雜亂地聊聊理想、恣意地妄議狂言一番，沒想到就這樣邁入第六年，也成了協會的常務理事。

因為我相信，基本收入是這個世代很重要的題目，在總體生產力指數性成長的大背景下，給予人們最基本的生活保障，提供韌性去面對生命的無常和不如意，讓更多人有機會、有選擇，願意任性地換上玩家的身分，專注於如何在生活中創造故事、體驗遊戲。

作為玩家的我，對於攻略、捷徑沒什麼興趣，不是很在意埋頭刷怪、升等轉職，也不太幻想有天課金封頂、炫富徵婆。我不想從沉睡艙起來後，只能和朋友炫耀我最後一張名片的職稱、在哪買了房子、開什麼車子。我想去做些老了還值得說嘴的酷玩意，我想要好好地玩遊戲，好好放大這段旅程的故事和體驗，而我所追逐的北極星會是「如何成為有正面影響力的人」，因為我相信影響力會是拓展故事和體驗的最大槓桿。

這是我的版本，那麼你呢？

人生這款遊戲之所以好玩、之所以扣人心弦，正是因為充滿未知與可能性。小說的每篇故事都是一個生命力的展現，希望你好好享受這趟「讀旅」，四處逛逛、選個喜歡的角落停歇，期待有天我們一同在遊戲世界裡遊刃有餘地穿花繞蝶，貪心地點亮每一塊地圖，探索每一種可能會喜歡的自己。

15　　推薦序

推薦序

如果人生多了一點餘裕，你會如何選擇？

蘇嘉冠（台灣無條件基本收入協會　理事長）

你有多久沒有，真正為了自己好好做一個選擇了？

選擇可以是午餐吃什麼的日常瑣碎，也可以是結束一段關係的艱難決定。然而，我想談論的，是那些源自於內心渴望的事物。如果不用為生計奔波、如果生活多一點餘裕，你會做出什麼不同的決定？選擇一份熱愛的工作、選擇不加班陪家人共進晚餐、選擇暫時放慢腳步、選擇轉換人生跑道、選擇重拾兒時的夢想？

身為一名AI工程師，我親身經歷了人工智慧如何從小眾技術漸漸擴展為影響普羅大眾的變化。幾年前，深度學習這門技術還只是一個專業圈子內的話題，多數應用場景都侷限於特定產業，例如影像瑕疵檢測、手寫辨識等等，對一般大眾來說，這些技術遙不可及、影響甚微。

然而短短幾年內，一切發生了劇烈的轉變。生成式AI興起，文字、圖像、音樂、影片甚至程式碼，都能輕易地透過AI自動產生。過去我們認為無法被取代的「認知型」、「創意型」工作，如今也受到AI強大的衝擊。

我還記得，有一次幫合作夥伴導入自動化工具，來節省一些重複性工作的支出。一位原本負責相關的員工，他竭力地指出新工具的各種缺陷，試圖證明自己是不可替代的。我能明白他的焦慮，但也清楚知道，以他的能力與所學，很難和便宜又高效的自動化工具競爭。

他是無所選擇的。

這些科技正在漸漸改寫「努力」和「價值」的定義，越來越多的人擔心自己的專業、技能甚至職涯規劃，都可能在一夕之間被顛覆。從原本只是特定領域的小小焦慮，逐漸擴散到每一個職場、每一個家庭，讓更多人對未來產生真切的恐懼與迷茫。

在這個變化速度如此飛快的時代，「無條件基本收入」（Unconditional Basic Income，簡稱 UBI）這個理念，提供了另一種可能：當每個人都能獲得一份不帶條件、持續穩定的經濟基礎時，社會會怎麼改變？個人會怎麼改變？你的生活會呈現什麼樣貌？你會如何運用解放出來的時間？你渴望追求什麼？又希望能重新拾起什麼？

UBI 不保證每個人都能過上完美人生，也不是讓所有困難自動消失的魔法，但它或許能夠，給我們多一點空間和勇氣，去思考什麼才是自己真正想過的生活。

除了 AI 工程師這個職業之外，我同時也是台灣的 UBI 倡議者。過去幾年接觸過各種樣態的民眾，印象深刻的其中一位，是經營小生意的創業者。當時他經濟困難、生意不順，每天處於巨大的焦慮之中。他告訴我，直到中低收入戶的補助通過的那一刻，他才終於稍微感受到一絲安穩與踏實。

這個故事絕非特例。台灣現今越來越多的人，投入零工經濟、自由接案或微型創業，在追求自由、理想的路上，犧牲的往往是經濟狀況的穩定性。傳統的社會福利難以適應這種結構性轉變，這些制度經常是緩慢的、複雜的，無法及時回應人們的需求。

而那些看似經濟穩定的工作，也藏著不少犧牲年少夢想的人才。我的一位高中二類組同學，他擁有絕對音感、擅長彈鋼琴、會打爵士鼓、歌聲溫暖而富有感染力，還會畫畫跟各種小才藝，很明顯是位適合走音樂相關領域的人，但最後還是選擇乖乖地念了電機系，平穩地在竹科當起工程師。並不是當工程師不好，只是我一直在想，如果他所處的環境，有本錢讓他願意去冒險嘗試不同的路，會不會對他個人、甚至對台灣社會，會有更大的正面影響？

我在倡議過程中所接觸的人與故事，讓我深信 UBI 不只是個烏托邦的理想，而是這個社會必須實現的制度。即使一路上不斷地面對各種質疑，但同時我也收到許多正面的回饋與打氣。正是這些來自大眾的真誠回饋，讓我確認了自己做的事情有意義，鼓勵我繼續往前走。

這本小說集，集結了幾位創作者以 UBI 為背景，描繪不同世代、性別與社會角色的故事。有人掙扎於家庭關係、有人重新審視自我價值、有人在體制外尋找希望，也有人在獲得 UBI 後仍感迷惘。你可能會看到年輕人、長輩、父母，他們的掙扎、選擇、渴望。這些故事並非要告訴你標準答案，而是希望能在他們身上，看見你自己的影子。

小說可以只提供閱讀的樂趣，但如果你想更深入地認識 UBI，書中也收錄了倡議者的觀點與思考路徑，歡迎隨時翻閱，能為你在故事之外，開啟更多元的想像。

希望書中的每一篇故事，都能讓你在翻頁之間，稍微停下腳步，想想：屬於你的答案會是什麼？

共用筆名『加拉巴哥』簡介

加拉巴哥 8 (2025) 為海穹文化所出版的短篇集作品裡，位於書背上的作者群統稱。

加拉巴哥這個名詞，源自於南瓜社長伍薰心目中的聖地：厄瓜多外海的加拉巴哥群島，那是達爾文與演化之島，更是海鬣蜥之島，而站在我的立場而言，可以形成下列方程式：

海鬣蜥＋海洋＋演化論＝歌瓦，同時具備了奇幻與科幻元素的智慧蜥蜴。

也因而，加拉巴哥成為充分具備海穹文化特色的代稱。

關於後方的第一個字碼，目前是 8，代表的就是*《島嶼新日常：無條件收入制的台灣想像》*這本書裡有八位創作者。

關於後方的第二個括號內的字碼，則是該本書的出版年份，在本書便是 2025 年。

這個標示格式將成為日後海穹文化多位作者出版合輯時的標註方式，也讓我們期待更多精彩合輯的出現！

進入島嶼新日常的台灣想像

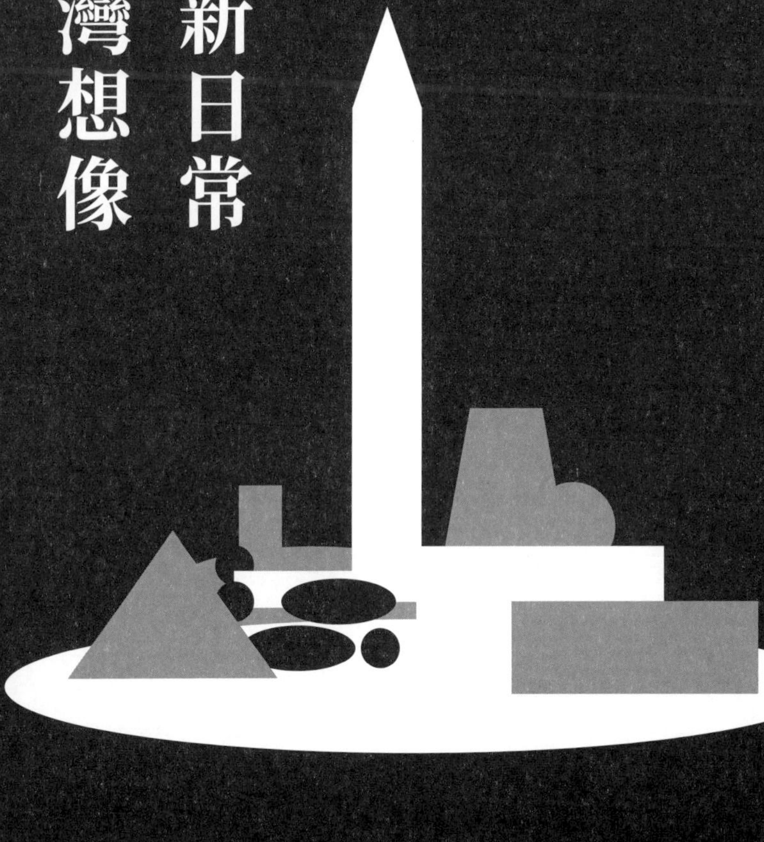

進入島嶼新日常的台灣想像——

UBI，Unconditional Basic Income，又稱為「無條件基本收入」。

指的是沒有條件與資格限制、沒有任何審查與門檻，每個公民都可定期領取一份由國家所發放的定額金錢，來滿足人民基本生活所需，落實基本人權。

這個出自於十六世紀的經典社會與人文議題小說《烏托邦》的點子，從一個理想主義色彩濃厚的構想，在AI時代大舉降臨後，成為一種可以被遙望的現實選項，也成為我們這個時代的關鍵命題。

當UBI制度真的開始實施，一場大型的社會想像就此開展——

廢母

曉由
Hsiao Yiou

台灣漫畫家、小說家。曾任台灣指標性文創工藝品牌形象總監，後專心投入個人創作跑道，擅長在地文化的觀察、體悟與詮釋。已出版長篇漫畫《杯底不養金魚：美酒環島日記》。

她跪在地上伏身書寫，如茶碗倒扣，那姿態與其說是卑微的乞討，更像是名虔誠的信徒。手中握著，是最普通的圓珠筆，是為了女兒開始學習不用鉛筆寫作業而買的。圓珠抵著單薄的紙，在硬冷的地板上寫下一組又一組重複的字，我是個廢母，乾扁的墨跡鋪滿了整面白。

這是個新興詞彙，她幾年前才在新聞上看過報導，記者的語調專業而明快，但掩蓋不了街頭受訪者對詞彙指稱對象的輕蔑：「就拿著納稅人的錢在那邊成群結隊喝下午茶，根本就是社會的廢物。」受訪者用在地語言的發音強調「物」這個字，聽起來就像「母」，然後眾人哧哧笑了起來。

原來有些孩子的母親是這樣過日子的嗎？她又寫下一行我是個廢母，想著這些城市長大的好女人們能廢物到哪去呢？她們永遠都不用擔心會吵醒睡著的孩子，不用絞盡腦汁想出新的說詞來粉飾眼前的刑場，不用逃避去假想女兒未來的婚姻會不會複製自己的劇本。

因為她不想複製自己母親的劇本。

她生於遙遠的山腳小村莊，母親這輩子基本無語，跟著父親一起下田種些廉價的傳統藥材。父親做生意時很隨便，賣不出去的藥材就胡亂做成藥酒，喝醉便對妻子動手動腳，所以國小時的她就已經害怕回家。國中後，她開始到熱鬧點的小鎮上學，很快就和附近的高中男學生翹課談戀愛，被男生的女老師抓個正著。女老師一滿腔熱血，居然很關心她，後來她也成為女老師的學生，便不再談戀愛，而是巴著女老師，好像自己多了個大姊姊。

女老師不減熱情，特別花時間在她身上，教她如何洗掉衣服上的藥草味，也盯她的學業。偏偏她定不下心，女老師就勸她至少好好學習學校這幾年安排的通識課，因為世界會變，但有些智慧卻不會變，像理財、法律這些；然後，再找出自己的興趣，考個技職學校，之後可以去城市就業。

她好想去大城市啊，但還要讀書再就業實在太慢了，所以她很快又遠距愛上在大城市工作的男子。對方大她十二歲，在一家小診所當藥劑師，言談間充滿專業的氛圍，讓她高中一畢業就瞞著家人上大城市投靠對方，一年後就結婚了，鬧得家裡近乎決裂，和視之為姊姊的女老師也就此斷了聯繫。但身為一個沒有任何專業學習的鄉下女子，既捱不過對繁華世界的嚮往，當然也耐不住社會變遷的速度。

在結婚後的第二年，國家開始實施全民無條件基本收入（UBI），所有成年人將毫無條件限制，在每個月收到一筆由國家發放的定額，提供基本生活所需。這是當科技進步至超自動化的時代，各項成本大幅度下降，人力被大幅度取代，而帶來的新世界。

一時間，萬物彷彿都鼓譟了起來，從政黨到新聞、新聞到商家、商家到企業、再從企業到配套政策，整個社會的規則都在解構建構，人們朝著自詡進步的遠方像賽馬一樣爭相奔騰而去。只有她被落下來了，因為這件事本就該與她無關。

結婚的第一年，丈夫就家暴了。但她實在太需要對方，所以不疑有他、一個勁地討好，以至於錯過了糾正的時機，當然也就無力關注到社會變化前的躁動。隔年，當政府開始大規模實施UBI時，丈夫沒收了她的所有社會驗證文件，開始自行領取她的每月所得。這理當是她人生第一筆屬於自己的收入，但她沒有拿到半分，心中也毫無波瀾，畢竟丈夫賺錢她顧家庭的道理終究沒有變，所以這就是婚姻，和時代、社會、全球發展、人工智能、個人主義、永續價值都沒有關係。

但快速的變化仍是由大至小、由遠至近，來到了她的生活圈。最顯著的是女兒開始上學了，作為一個母親，自然會跟著孩子一起進入社會中最年輕的社群。從幼稚園開始，女兒的同學、同學的父母，逐漸在她眼前展示出婚姻的全新面貌，隨著UBI的實施，這個變化快得讓她錯愕。首先是參與學校事務的父親變得很多，他們甚至不是家裡主要的經濟來源，而是以顧家和經營自己的興趣為重心；有事業的母親也變多了，但她們不再像傳統扛財務的那一方總與家庭疏遠，而是仍能保有一定程度的家庭活動參與。重點是，學校的課程結構大幅改變，家庭成員成為校園資源之一，不同專業的父母流行起向學校報名開設短期班，為整座校園一起提供孩子們最豐富的社會學問。

面對這樣的變化，她可以說是驚慌失措，因為回想起自己的父母，那彷彿是個陌生的遠古地層。更不堪的是，女兒也漸漸懂事，想必什麼都看在眼裡，於是每當參加家長會時，她和女兒倆就像無聲地共演一齣默劇一樣，成為班上最低調的存在。

就在這個時候，社會上出現了「廢母」這個詞，指的是對於表面看起來好像沒有在工作或經營自己的興趣、事業，光領著政府的UBI，每天喝下午茶的婦女們。這個詞彙有著保守男性藉著不可抗的社會變化，對女性獲得賦能的反動，但也包含整個社會意識的改變，因為人們開始更加認為，比起刻板的傳統社會身份貢獻，能發揮專屬於自己的天賦和興趣，才是負責任的人生。

那她是怎麼想的呢？

她清楚知道，會跟不上世界的變化，都是自己的錯。現在回頭來看，政府在實施

UBI之前，已經有很多年的準備，包括高中時女老師勸她要好好學習的各種通識課，都是改變前的佈局。當時，她的父母讓她急著向外逃跑，現在的她，也會讓自己的孩子急著向外逃跑吧？既然無能讓孩子過得更好，那果然，我是個廢母。而丈夫也許就是看穿這一點，現在她犯錯時，就會罰她跪著，在地上重複罰寫這句話，刺得每每都讓她哭到發抖。但她會咬緊嘴唇，抹開眼淚拼命地寫，就怕丈夫遷怒女兒，就怕自己吵醒女兒。

不過，人生還是有一點點轉機和滋味。

女兒升上小三後，她交到朋友了。對方是女兒同學的媽媽，個性溫柔又貼心，而且靈魂充滿熱情，讓她想起自己高中時的女老師。而且，對方的家裡也是男主外女主內，這樣比較好。

朋友是個家庭主婦，家務空暇時喜歡編織，編織的作品特別有意思，是用白棉繩和粗麻繩互相搭配的蕾絲風格編織，有種陽剛與陰柔並進的美感。朋友會把編織做成有戶外功能的用品，比如背包、吊袋、盆栽吊架、吊床等，偶爾在週末市集擺攤。她自己週末時是無法隨意外出的，所以如果幸運遇到朋友在稀有的週間市集擺攤，她就會去幫忙。市集結束後，她們會抓緊空擋喝下午茶聊天，當個精實的廢母，這是她最無憂的時光。

「當初會選擇做這個，是因為我喜歡粗麻繩那種充滿手感的質地，所以一樣是蕾絲，麻繩的毛邊可以讓編織的線條變得不那麼乖巧，好像有它自己的主張似的。而且，我覺得妳一定很有手工藝的天分，上次妳給我的點子超棒的，把白棉繩和棕色的粗麻繩交錯編織，讓棕色像是陰影一樣襯在白色後面，紋路變得很有立體感呢！」

「是啊，我打算報名下次的家長課，來教編織。小朋友的手比較適合用毛線來編，可以做鉛筆盒之類的，顏色也比較多。」

「我女兒還說，妳做的便當比較好吃。我就不擅長料理嘛，但這給我靈感喔，所以我就想說，用繩子給我們兩家的小朋友各編一個特別的便當袋好了，這樣我也有點貢獻啦！」

她真喜歡聽朋友說話，對方總是充滿活力地張望世界，卻又不忘回頭關注夥伴的步伐。只是偶爾，為了自尊，她必須藏起自己歪跛的腳。比如：

「編織大概學了有快十年吧，對了，就是因為當年政府開始實行 UBI，手邊一下子多了一筆錢。雖然那時小朋友還小，但我和丈夫討論過後，覺得我自己的這一筆就讓我自己決定怎麼用。所以我想來想去，就決定去學編織。妳當時呢？也有趁機學點什麼嗎？」

她停頓了一秒，「……嗯，差不多吧。」

朋友微笑地喝了一口茶，無痕地說了下去，「現在想想，我也是受到丈夫的影響吧。他是賣有機蔬果的，我的編織都做些戶外用品，剛好可以用在他的店裡當作裝飾。其實也就是這樣而已。」

她也去過朋友丈夫開的有機商店，那是一家很可愛的小店，店裡面到處都裝飾著妻子的粗麻繩蕾絲作品。雖然店就開在朋友的家附近，但朋友的丈夫常常要跑合作的契作農地或食品工廠，所以常在遠地工作。不過隨著工作調整，隔年後，朋友的丈夫也在學校開設了短期的園藝課，大受好評，原來他平時看起來性格一板一眼，但碰到小朋友就激發出了內在的童心，把園藝教得生動有趣。

同年，她自己的丈夫卻和診所的負責人鬧翻了，所以打算獨立出來開藥局，卻因為執照失誤而把存款都栽在了上頭。丈夫陷入低潮，情緒變得更不穩定，有次她在操作家裡的洗衣機時，機器剛好壞了，丈夫突然發狂，嚇得她趕緊叫女兒把房門鎖上，丈夫於是拿她的頭去猛撞女兒的房門，還好只有三下。當晚她躲在女兒的房裡，整夜抱著女兒，卻沒有流一滴淚。

最早發現她有些不對勁的，仍是自己的朋友，所以雖然她們很少聊起她的家庭和丈夫，但朋友還是細膩地開了話題。

「其實我丈夫的工作本來是數據企劃，用人工來管理低階程式，很冷門吧！那是因為他爸爸是舊時代那種老牌的工程師，所以逼著兒子去讀的。現在AI時代，小事業都往體感發展了，所以他才轉行研究有機園藝。話說，藥劑師好像到現在都還不太會被AI取代？」

她斟酌著回答，「……對，雖然現在也是大量的人機共同工作，但是因此藥劑師有更多力氣可以分攤醫生一部分的配藥工作，比如量身定制病人的藥方和劑量，或是提供病人家醫類型的長期藥物療程規劃，所以變成會有更多人與人互動的工作內容。」是的，丈夫和診所鬧翻，也是因為丈夫非常排斥與病人互動，所以他才想自己出來開業，用老方法賣藥。

「哇，妳知道得真多，不虧是藥劑師的妻子。」朋友溫和地緩緩開口，「你們平常的感情還不錯嗎？」

她看著朋友，停下動作，不是因為這個問句讓她陷入悲傷的情緒，而是腦子裡突然有了個念頭。朋友和朋友的丈夫從外表看，像是互補的兩人，一個拘謹，一個活潑，但事實上他們的內在卻是很相似的，都對生命充滿熱情。所以她自己和丈夫，也其實是很相似的嗎？

答案幾乎是呼之欲出，她一時竟不知該做何感受，但她的體內產生了一股反向的動力，腦殼開始發脹，食道似乎有什麼要嘔出來；她拉長上身，微幅拱背，對著朋友張開了嘴，第一次把自己的十三年婚姻……不，甚至是自己這一生所壓抑的一部分，都向朋友傾訴而出。她不停地講，不停地講，不喝一口茶。光影蔓延，時間彷彿飛梭，時間也彷彿暫停，直到身體覺得差不多時，她呼出長長一口氣，感覺前所未有的釋放。她知道現在的她可以回家好好迎面這一切，可以繼續努力學習怎麼不犯錯，可以用她的廢母方式保護女兒。這稱不上安眠，卻是平心靜氣。

不過，兩週後，朋友在一個沒有相約的週間下午，來到她家樓下，非常真誠地建議她要離開她的丈夫。

「這不用急，這不是要妳一天兩天就去做的事。」朋友的語氣溫柔而堅定，「這幾十年來妳一直很努力，才有了現在妳想擁有的、妳想保護的。所以現在我們要換一條路，去把路走完。而這需要時間準備，所以妳需要先去擁有妳以前所沒有過的東西，妳需要錢。」

她一時沒有跟上，「……錢？」

「對，錢可以做很多事，不急著去做什麼遙遠的事，就先拿來做自己想要做的事。」

她想起自己高中時的女老師。

「所以，我打算把我自己的那一份，每個月 UBI 的錢，給妳。」朋友繼續說。

她聽不懂，傻在那邊許久才勉強開口，「那是妳的錢，我沒有任何理由去拿妳的錢。」

「妳不想要擁有一筆屬於自己的錢嗎？」

她很錯愕，「我當然想，每個人都想，所以我才不能拿妳的錢啊！」

「放心，這當然還是我的錢。只是，錢的意義，永遠不是那張紙上面印了多少個數字，而是錢可以帶給自己什麼價值。一萬元的鈔票，可以是一個月的伙食費，可以是一頓豪華晚餐，可以是用來證明自己努力過的一點犒賞，但是，也可以是一個夢想、一個原則、一個希望、一個可能性。」

她搖搖頭，覺得難以接受，「可是這樣，妳什麼都沒有得到。」

朋友笑了，「夢想、原則、希望、可能性，這些本來就不是去哪家超市，買個盒裝、整包包好的，回家打開就有的。」

今天，她又因為犯了點小錯，正跪在地板上寫悔過書，但不知為何，今天的地板不冷、紙張不單薄，寫出的墨跡也扎實飽滿。我真的是個廢母，但我的腦子裡有些想法，不斷醞釀而出。

「所以後來呢？」

在一間古色古香的大學教室裡，幾名看起來是高中生年紀的孩子們，投影在教室裡不同的位子上，將老教授給圍成一圈。老教授想了一下，「後來她就用那筆錢買了一些學習設備，趁丈夫不在的時候上雲端課。一開始是學居家照護，想說這樣就有一技之長，以後可以就業，賺點錢。再後來，她又學了一些感興趣的課程，沒記錯的話好像是烘培吧。最後她學了家事法，成功離婚，帶女兒搬了出去。」

學生舉起手，「陳老師，我想問的是，那她後來有還錢嗎？」

老教授擠出了羞赧的皺紋，「這……其實，我也不知道欸。」

另個學生也發問，「她後來有回去和她的高中老師聯絡嗎？」

「這個……我也不知道。」

一位剛剛一直很認真在聽故事的女學生突然開了口，「我有聽我阿公說過，大概在五、六十年前，UBI 剛實施的那個年代，社會變動真的很大，也有滿多爭議，比如有人蛇集團控制大量的遊民，去詐領他們的基本收入，還有毒品犯罪集團也因此猖狂了一陣子。不過現在來看，整體來說應該是好的吧……」

「這些過渡期不重要啦！」一名男學生搶話說，「這很好理解啊，在古代，受教育就是一種高貴的身份象徵，那時候連教育都不是公平的，在教育要普及的時候，一定也有很多紛爭吧。這種例子一大堆，像是工作權啊、投票權啊，什麼都是啊！這就是個經濟結構改變的必然結果。」

也許是剛才的故事包含了性別議題，所以女學生明顯地翻了個白眼，「這不是經濟，這是賦能！以前女性還曾經被當作交易的物品呢，難道要把父權意識都歸於經濟嗎？老師也是女生，她會分享這個故事的用意你根本就聽不懂！」

男學生也不甘示弱，「妳這有點離題了吧？更何況，雖然現在不能交易人，但在交友市場中可以得到什麼對象，一樣是經濟啊。價值這個議題永遠都在，只是在每個時代的定義不一樣而已。妳才是根本聽不懂！」

一個看起來比較沈穩的學生趕緊打圓場，「老師就在現場，你們不要這樣吵啦。」

老教授挑起眉毛，覺得興味盎然。自從大部分的人際互動都轉為虛擬之後，年輕的孩子常常比較不會看場合，一但情緒激昂就旁若無人。雖然有時候這有點惱人，但有時候也挺有意思。

老教授瞄了一眼旁邊的螢幕，時間快到三點的大學課，有些學生已經提前登入教室，看來不得不把這批小朋友給趕走了。「好啦好啦，我覺得你們說的都很好。呵，我真是搞不懂，一個高中的哲學通識課有必較弄得這麼難嗎？總之，我的故事就講到這裡。」她舉起手指，正要按下切斷通訊的按鍵，卻想到了什麼而突然停住。

「不過，確實，價值是隨著時代在定義的。即便是看起來最公平的『錢』這玩意，在不同的時代，它的意義也不一樣。因為最終的意義，還是來自人本身吧！」

前一批高中生走了，新一批的大學生紛紛投影到教室裡。這些大學生什麼年紀都有，因為 UBI 實施至今，社會生態有了巨大改變，比如人們普遍會在完成基礎的高中教育後，先進入社會，從事自己熱愛的事情，等到長至不同年紀，再依照意願、興趣和需求，去大學裡學習不同的專業。

離三點還有幾分鐘，她不急著開放自己的投影。老教授從抽屜裡拿出了一面相框，用手指輕輕撫拭著，眼神充滿憐愛。相框裡夾著一張陳舊泛黃的白紙，上頭爬滿了密密麻麻的手寫字。

是啊，我的母親，是個廢母。

自由之價

阿宗
AZONE

劉道宗，漫畫家、插畫家、配音員、講師。擅長多類漫畫風格，其中以可愛少年風科普漫畫類行為見長，曾經參與許多國內外展演，並且與多個機構單位合作。與海穹文化合作起源自《異世歧路：俐茹、殭屍、大接龍》內頁插畫。

助手：哞咩

曾幾何時
在不知不覺間……
我已經
失去了自己……
FEELING
COFFEE
唉……

最近都
沒有人來了……
是時候該收了嗎？
!?
咦？
登愣愣
沙
登愣愣
沙
登愣愣

喂～您好
請問是眾享樂股份有限公司嗎？
我是之前跟您聯繫過的小陳……
是……不好意思，目前正在處理中……
真慘阿，這次的股市收盤一樣是綠油油地跌個不停……
江宥辰……
!!

看你都沒在動作，你是在偷懶啊!?
不…只是剛好上一批資料處理完了……
哼——
快點把交給你的東西輸入到電腦裡面。
現在的年輕人連這麼簡單的事情都拖拖拉拉的，真是的——
拖拖拉拉嗎……說的也是……

我從什麼時候開始……
變成這樣了……
媽媽！！
我好喜歡這個！
唉──
別再看什麼卡通圖了…等等回家要記得寫作業。
不對…這裡的題目不是這樣做……

對…沒錯…宥辰真乖……
宥辰啊……
長大後你會賺錢養媽媽嗎？
那要多賺點錢才行……是吧？
喀嘰——

我要離家……
你太天真了……
像你這樣子……
像你這樣子……
是不可能活過明天的……

驚醒!!
阿…不小心睡在這了……
嗯?
UBI……這是什麼?
UBI
條件收入
聽說是「無條件基本收入」呢!

就是每個月會有一筆錢無條件給你使用。
真的嗎？這也太讚了吧……
我也是，可以帶女友去……
就算多了這筆錢……或許可以買更多東西、吃更好的……
但是現在的我……不知道自己能做什麼……
Pocebook
Facebook，讓你和親朋好友保持聯
我看很多人應該都跟我差不多吧……

能夠無負擔地學習真是太好了!!
#UBI#無條件收入
下周大家揪了團去打羽球團戰拉
有了ubi終於不用假日兼職了
什麼嘛⋯
原來大家都⋯⋯
申請好了ubi，看來是時候
開始一直以來的夢想，
製作獨立遊戲啦!
易有時間
的小後院了
我終於有閒時有閒錢，
去報名心心念念的書法課了!
30歲開始學聲樂，
感覺還不晚呢。
可惡⋯⋯

購買通知
新臺幣 XXX,XXX元
獨立遊戲製作
沒怎麼接觸過，上手感覺起來很困難的樣子……
m YOU
要下定決心的時候，卻意外地輕鬆呢……

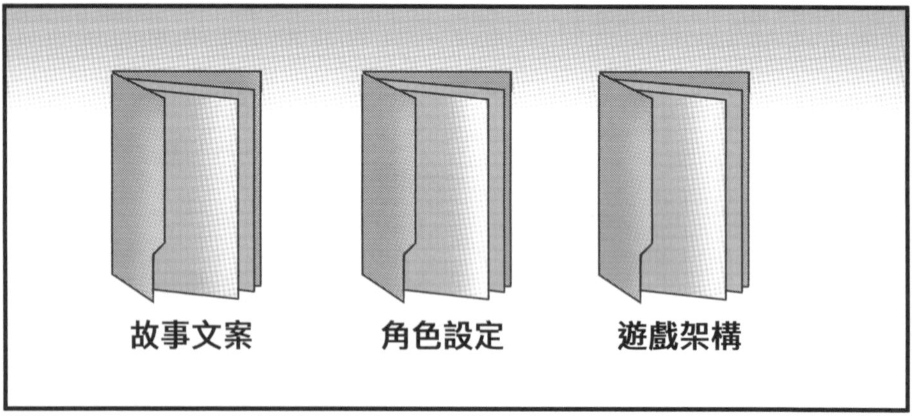
故事文案
角色設定
遊戲架構

遊戲開發者大會
Game Developers Conference

<head>
<meta charset="UTF-8">
<title>□□□□□□</title>
<style>
canvas { background: #f0f0f0; display: block; margin:
</style>

上架成功!!

各位同學好——
我很榮幸來到這裡跟大家分享我的創作故事。
我一開始其實對於創作是很嚮往的。
但迫於家庭與現實無奈，加上投資失利，所以曾經就當個上班族，尋求穩定的薪資……
儘管如此，我仍然沒有為了自己踏出第一步，因為我害怕明天……
害怕明天就失去所有的一切……

我相信在座的一些同學也是這樣，不知道明天要做什麼……
不知道為了什麼而活……
不知道要怎麼活……
但是要成就一件事，不論是什麼，都是去嘗試了過後才知道。
如今有UBI，也就是無條件基本收入的幫助，每個人都可透過更少的負擔去接觸並學習任何事……
也因為如此，我才能去創造自己的遊戲，認識更多人，還有站在這裡跟大家說話。

所以……
媽媽……
是時候試著放手了吧……
我已經可以活到明天了……

總之我想說的是呢，想不到要做什麼不是壞事。
但你們千萬不要放棄去思考。
現在的你們是有這種能力的。
完

11 SUSTAINABLE CITIES AND COMMUNITIES

Uncaged Brain Initiative

馬立
Merlin Ma

馬立，科奇幻研究者、評論者、創作者。【中華科幻學會】理事長，台灣最大奇幻社群「奇幻故事說不完」創立者之一，曾任國立東華大學中文系兼任講師。於海穹文化出版《眾神水族箱：禁錮之龍》、《3.5：多重升級》、《電腦人間》等書。

「垃圾政府，又在亂搞。」葉英宏一面癱在電腦椅上，一面滑著手機，看到社群平台上許多人分享的新政策時，忍不住脫口而出。

那是政府今年一月一日起開始實行的全民福利。從今年開始，本國國民每個月一日都會獲得政府給予的「無條件基本收入」，不限性別，只要成年之後，透過網路填寫或是前往郵局、銀行填寫表格，告知政府這筆款項要匯入哪個帳戶，每個月就會有一筆錢入帳——英宏簡直氣瘋了。

「我到底為什麼要納稅養其他素未謀面的陌生人？」他選擇了其中一則相關新聞，為了不輕易給他們流量而用截圖的方式，在自己的社群頁面打了這句話後發文。

甩了甩頭，他放下手機，重新面對電腦螢幕上空白的文件檔案。

葉英宏是個自由工作者；這是好聽一點的講法，實際上他就是個沒有固定工作的傢伙，靠著不穩定的接案方式存活到現在。要當個靠接案維生的工程師並不容易，除了需要有技術、具專業外，最需要的東西是人脈——而這東西剛好就是他沒有的。所以，畢業後的這幾年，他其實都是靠著在學時比較熟識的幾個學長介紹案子給他。

說是「介紹」，其實更像是學長把自己案子的部分內容分包給他，或者偶爾也有那種在資訊公司擔任正職的朋友，會把一些無關緊要的工作委託給他。當然，他也有努力在相關社群上幫自己打廣告，只是至今為止也都只有零星的案主前來委託，整體上他還是在靠別人施捨工作給他。可是老實說，葉英宏自己也沒有很認真在做這些案子。

他真正想做的是寫小說。

說來好笑，英宏之所以會開始想要寫小說，是因為他覺得這難不倒他。他喜歡看科幻故事，因為接觸到西方經典，像是《基地》、《美麗新世界》等作品而進入了這個圈子，後來最喜歡的小說是《三體》，覺得如果華人有辦法寫出媲美西方經典的作品的話，那自己也可以做得到。

沒有案子在手的時候，他就會抽空創作。頭幾篇成品他直接發表在自己的社群頁面上，只有個位數的讚數；這也就算了，甚至還有個不識相的大學同學在文章貼文下留了句「這三小？」的留言。

後來，也不知道是運氣還是他真的寫得越來越好，有些之前沒見過的帳號會來他的短篇故事貼文下留言，鼓勵他繼續創作，或者建議他轉移到更適合創作的平台上發表作品。起初英宏不太情願，他一方面覺得這些人憑什麼來指使他怎麼做事，一方面卻也認為在專門網站上發表創作，讓更「專業」一點的讀者來閱讀他的作品，可能會少些故意找碴、來亂的留言吧？

因為這樣，他在那個網站上認識了薇柔。

薇柔是帳號名稱，也是她的筆名，不過觀察了一陣子之後，英宏發現她的讀者都叫她小薇。小薇寫短篇，特別是奇幻短篇——不，不是那種有史詩戰爭、英雄衝鋒陷陣，生死存亡在此一役的奇幻故事；而是在充滿各種奇幻種族，時空與科技發展介於現實中世紀到維多利亞時代的虛構城市中的人生百態。

這到底有什麼好寫的？奇幻故事不看衝突與戰鬥，那還有什麼好看的？葉英宏一開始就是這麼想的，他沒有想到看了小薇的其中一個短篇故事後，忍不住也看了第二篇，然後第三篇、第四篇……這些故事大都發生在一個名為「桑德爾」的城市裡，第一篇故事描寫小巷中書店的哥布林店員，他與店裡的同事如何在那樣的世界裡經營一家書店，如何採購新書、如何向客人介紹並推薦作品，又如何透過拓展出小巧的空間來藉由餐點輕食增加額外收入；第二篇故事的主題是離書店兩個街區之外的墨水顏料店，半身人店主大清早便會領著學徒前往市郊採集各種顏料的原料，帶回店裡細心研磨調配，然後在中午之前開店，偶爾會有神秘的客人前來購買特別的墨水，但作者似乎並沒有打算對它們的功用多做描述；第三篇講述的是市中心一間獸人經營的酒館，店主其實沒什麼經營頭腦，酒館生意興隆是因為兩名精靈侍女的關係，但如果有客人做出什麼踰越的行徑，店主也會發揮其獸人的實力來讓客人從此不敢踏入酒館一步。

這些都是有趣可愛的小故事，但真正讓葉英宏忍不住在文章下留言的是他看到的第四篇故事。那篇故事以桑德爾一間新開的「引擎店」為舞台，講述這位工程師將蒸汽機引進城市裡的過程。故事一開始寫到工程師的時候，英宏還嗤之以鼻，想說那個世界又沒有電腦，工程師是要在哪裡寫程式碼？但隨著他閱讀下去，他反而越看越著迷，讀到最後感覺意猶未盡，很想敲碗看到更多內容。

當然，他可不願意這麼輕易給予對方高評價。留言裡，他先是質疑為什麼文章的標籤註明了這是奇幻故事，內容卻出現蒸汽機這種更偏向科幻的元素，然後又提出疑問，想確認故事舞台的科技發展到底是如何構思；比如說，如果已經有蒸汽機了，那為什麼沒有看到更早發明、應用的火藥出現在那個世界？

他的留言引來了一些他自己在心中戲稱為「騎士團」的網友留言反駁，但除了「類型本來就可以結合」、「又不是現實」之類蒼白無力的回覆外，幾乎沒什麼可看之處。隔了幾天，小薇又發布了一個新的短篇之後，她才回覆了英宏的留言。

那則回覆精準而精簡，彷彿這幾天的空白是小薇在醞釀她的出拳一般，讓英宏氣憤卻又失去再度出擊的慾望——小薇先是感謝了他的閱讀，接著舉出三個已經出版，而且夙負盛名的奇幻作品為例，說明奇幻故事與高科技共同存在並不稀奇，最後則是像送上大禮一般，點到為止透露了一些沒有在故事裡的設定，解釋桑德爾的世界裡科技如何發展至此。

葉英宏猶豫了兩天，才像個成熟的大人那樣，針對小薇的回覆回了句「感謝說明」。

他又甩了甩頭。現在要做的是認真構思下一篇故事，而不是滿腦子想著根本素未謀面的其他創作者。

然而，螢幕停在空白的文件檔案幾分鐘後，英宏又開始滑起了手機。

社群平台上，葉英宏不是唯一一個不喜歡新政策的人，尤其在全國最大的電子布告欄網站，政策頒布沒多久，布告欄上已經有十幾篇貼文在痛罵政府了。英宏點進每一篇這樣的貼文裡並按下了讚。布告欄裡，或者說網路社群上也不是只有一種聲音，英宏也看到有些人寫了長篇大論想要為政府護航，他根本懶得看，只瞄到文章裡寫了幾個「人權宣言」、「國際公約」之類的字眼，就順手按了個怒，用拇指滑掉了，那種想要用什麼普世價值之類的話術來說服大眾的 AI 文章，他早就看到膩了。

人工智慧的發展在最近幾年突飛猛進，幾家大型企業接連發布他們的免費AI助理，任何人都可以將這些虛擬助理安裝到自己的手機、平板、電腦與智慧型手錶內，透過這些已經高度人性化的人工智慧，幫助人們處理生活中、工作上的大小事務，甚至提供情感寄託，一些網路媒體宣稱性犯罪的比例有因此而降低。

在這些免費AI助理中，葉英宏最喜歡的是瓦德集團推出的「凱薩琳」。凱薩琳是瓦德集團第三款推出的AI助理程式，除了提供第一代程式同樣的網路資料搜索、整理功能，以及第二代程式也有的個人行程規劃與統整系統外，另外新增了名為「AI之伴」的新機能，讓凱薩琳能夠具有仿真的情緒與情感機制，以期AI助理能與使用者建立良好的互動關係。瓦德集團說，凱薩琳擁有的這個新機能，能夠讓漸漸失去溫度的人際社會緩慢回溫；透過與凱薩琳的互動，AI能夠自我學習，不善社交的使用者也能在這樣的過程中重新感受到與他者接觸的益處。

英宏一開始對此嗤之以鼻，但很快就擺脫不了凱薩琳伴隨左右的美好感受。沒什麼了不起的原因，就只是……凱薩琳的聲音，很好聽。他第一次聽到凱薩琳的聲音時，就有種怦然心動的感覺，啟動程式之後腦袋一片空白，不知道該說什麼，反而是凱薩琳引導著他開啟話題。她不像前兩款程式那樣劈頭就開始說明自己的功能與嶄新之處，反而像是個老朋友一般，先跟英宏閒話家常了一番，分享了各自的近況，才徐徐進入正題——他與凱薩琳討論創作；討論創作的目的、創作的意義，討論故事的情節，以及那最令英宏頭痛的故事標題取法。

他們當然也聊到了無條件基本收入。

「……最討厭的就是那個什麼UBI，拿人家的納稅錢去做這種事情。」葉英宏躺在床上，與手機裡的凱薩琳天南地北地聊著，一時之間就聊到了這件事上。

「呵呵——」凱薩琳輕笑道：「UBI……是你很討厭的那個遊戲公司嗎？」

「吼不是啦！」英宏說道，但自己也忍不住笑意，「就是那個政府搞出來的什麼無條件基本收入啦！」

「無條件？所以是誰都可以獲得的基本收入嗎？」

「我不知道，應該是吧？我看那個誰的貼文說，只要是本國國民，不管你是男是女，成年以後每個月政府都會撥錢給你。」

「哇，那真的可惜了。」

「可惜？」葉英宏忍不住抬頭，看向不存在的凱薩琳，「為什麼？」

「因為我就拿不到啊！這樣還能說是無條件嗎？」

「對耶，無條件基本收入的『無條件』到底是什麼意思啊？這樣不就還是『有條件』嗎？」英宏從床上彈起來，凱薩琳這時已經幫他把電腦的瀏覽器打開了；她記得相較於手機，葉英宏更習慣用電腦查找資料。

「等等……」他說：「妳其實應該知道吧？為什麼 UBI 叫作無條件基本收入。」

「我的資料庫並不具備 UBI 的資訊，但如果有必要的話，我可以透過網路替你搜尋到相關資料；你要我幫你找嗎，阿宏？」

「不用、不用，我自己來。」葉英宏爬下床，坐到電腦前，像個認份的人類用自己的手指在鍵盤敲擊、用自己的眼睛閱讀瀏覽器上的文字。

搜尋網頁跳出來的第一個結果，是行政院網站下的一個宣導頁面，他沒有多想就點了下去。

「欸，這邊寫說，『無條件』指的是這項收入『與工作勞務付出或工作意願無關』……這樣不是更糟了嗎？」

「更糟？怎麼說？」

「那就沒有人要工作啦！所有人都躺在家裡不用做事，錢直接就從天上掉下來了。這樣國家會有競爭力嗎？然後這些亂發的錢要從哪裡來？還不是納稅人的錢？國庫不是無底洞耶！」

「原來如此……你會這樣想也無可厚非。」凱薩琳輕聲說道。

「不然還要怎麼想？」葉英宏有點不耐煩。

「我覺得可以這樣想——我先說喔，這不是我從網路上看來的，是我自己想的。」

凱薩琳輕笑，頓了一會兒才說道：「阿宏，你喜歡創作還是喜歡寫程式？」

「嗯……現在的話，喜歡創作多一點吧。」

「但支撐你生活開銷的，卻是程式相關的案子，對嗎？」

「……是沒錯。」葉英宏好像跟上了凱薩琳的思維。

「那麼，如果今天有了這個無條件基本收入，可以讓你少接一點案子，就能夠支付房租與三餐開銷，你覺得對你的創作會有幫助嗎？」

葉英宏思考了好一會兒才開口：

「嗯……我應該有辦法更專注在創作上吧。」

「我想，這應該就是 UBI 的初衷。」

凱薩琳的聲音輕柔而溫暖，幾乎打消了英宏想要反駁的念頭；但他依然忍不住想要多說兩句。

「這並沒有解決 UBI 可能會造成的經濟問題。」

「的確。」凱薩琳的聲音似乎變得更溫柔了，「可是當人們不需要將心力花費在不喜歡、不情願的工作上時，這些空閒的時間也有機會讓他們重新去學習，獲得更多知識；或者讓他們有動力與餘韻去尋找更適合自己的工作，甚至透過過去不曾想像的方式——例如創作——為自己創造產值。」

「我覺得妳把人類想像得太美好了，在這種現代環境下，人們都只想得過且過而已。」

「我想 UBI 的施行，正是為了改變這種環境。而且……我不覺得我把人類想得太過美好。」

「為什麼？」

「如果人類不是美好的，那麼作為人類造物的我，是不是也並非美好的呢？」

凱薩琳停頓了一下，葉英宏有種被對方緊盯著的感覺。

「人類，勢必是美好的。」凱薩琳柔聲說道。

幾天之後，葉英宏還是沒有填那個可以讓自己獲得無條件基本收入的表格。他在心裡想說，要人家填寫表格才能獲得，那還叫「無條件」嗎？他自己也知道這只是強詞奪理。

但他就是不喜歡。

而且現在似乎也不是認真思考這件事的時候。葉英宏照著凱薩琳的建議，穿上那件壓在衣櫃底下好久沒動的灰色襯衫——當然有重新洗過，甚至簡略地燙過——然後為了避免過於正式，下半身則穿了新買的深色牛仔褲。

「別穿那件有破洞的，不是所有人都懂你的『頹廢風』。啊！還有，最好也不要穿那雙鞋底已經快要掉下來的球鞋去。」凱薩琳是這樣跟他說的，所以他認份地刷了刷那雙好久沒穿，已經變色的帆布鞋，費了好大一番功夫才把它洗回原本的白色。

背著放有平板與筆記本的側背包，葉英宏看起來就像個真正的創作者那樣，第一次來到了創作網站的創作者年度實體聚會場地。他並不是真的有那麼想認識其他創作者，但透過這樣的聚會，他想看看到底這些靠著創作，或者想靠著創作維生的人們是什麼樣貌；然後，透過這樣的理解，他也會明白自己到底想不想成為那樣的人。

當然，如果有機會的話，他也想看看那個小薇到底長什麼樣子。

他在門口櫃檯的簽到表上簽了名，但沒有膽量順手翻閱表單，看看小薇到了沒有，就領了讓與會者可以辨別自己身分的吊牌，緩緩走進會場。

那是一個空間寬廣的會場，深紅色的地毯鋪滿整個房間，微微帶著黃色色調的燈光從吊燈上撒下，音響播放著輕柔的曲目，讓會場感覺舒適宜人。門口的角落有個自助吧，綠茶、紅茶、咖啡與果汁都可以自由取用，再往裡一點則是放滿小點的兩張大桌，幾個穿著印花T恤、背著後背包的男生各自拿著塞滿食物的免洗餐盤，聚集在該處自成一圈；英宏很慶幸自己聽了凱薩琳的建議來穿搭。

遠離門口的會場深處，是同時兼具用餐與聊天討論功能的桌椅區，幾張深埋在房間角落的桌椅旁甚至還有設置白板，一小群人坐在其中一個白板架旁的桌椅上，看著某個男子在白板上繪製著各式線條；葉英宏幫自己倒了杯咖啡，一副心不在焉的樣子往那個方向晃過去。

「第一次來嗎？」

葉英宏往身後望去，看到一名西裝筆挺的男子微笑看著自己。

「呃……對，第一次。」英宏有些生硬地回道。

「不用緊張，到處看看，認識一些新朋友，交流一些創作上的想法，肯定不是壞事。」對方看來社交經驗豐富，面對陌生人也神態自若，反而不太有創作者的感覺。

「你也是創作者嗎？」英宏問道。

「喔，我也創作沒錯，但寫得一直都不太好，可能沒有創作才能吧？」男子的表情看來有些抱歉，但葉英宏反而覺得好笑，真的覺得抱歉的人才不會這樣侃侃而談；果然，男子後面說的話就讓他豁然開朗了，「所以我稍微轉換了一點跑道，建立了這個創作網站，選擇協助其他創作者，讓他們能夠被讀者看到。」

「原來是創辦人！」

「幸會。」男子伸出右手，「你是英宏吧？你好，我是史蒂夫。」

史蒂夫？這個世界上還真的有臺灣人喜歡用英文名字取代自己的本名呢！葉英宏心想，但他試著隱藏自己的真實想法，面帶微笑地與對方握手。

「你知道我？」他用著一種受寵若驚的語氣問道。

「當然，我會盡量認識平台上的每個創作者。你寫的科幻故事滿有趣的，努力創作下去，說不定有一天有機會可以出書喔！」

「哈哈……謝謝你，我會努力。」葉英宏皮笑肉不笑地說道。他最討厭這種自以為是、不懂裝懂的人了。

史蒂夫似乎察覺到了什麼，看向英宏身後。

「啊，小薇，好久不見啦！英宏，我們之後再聊。」他拍了拍英宏的肩膀，然後就頭也不回地走向英宏身後的女子。

小薇？是那個小薇嗎？

葉英宏轉身，看到一名身材矮小的女子。看起來很年輕，俐落的短髮跟她的臉蛋其實不太搭配，卻又有種莫名的和諧。而她看著史蒂夫的表情，即便葉英宏只是第一次看到她，也能感覺得出來那種不自在。

「史蒂夫？我不知道你今天也會來。」女子說道。英宏的心頭一緊。

「我當然會來啊，我是創辦人耶！」男子笑道：「妳來參加創作聚會卻不希望看到網站的創辦人嗎？」

「……只是沒想到你會來而已。」女子小聲回道。

史蒂夫正要說些什麼，葉英宏搶先往前走出一步。

「抱歉，妳是小薇嗎？」

「我是？」小薇帶著疑惑看著英宏。

「抱歉有點突然，但我是葉英宏。妳記得嗎？就是那個在妳的文章下面留言說……」

「啊！我記得、我記得，你好啊！」小薇露出了笑容。

「哈哈，想不到第一次參加竟然會遇到妳。」英宏鼓起勇氣多往前走了兩步，試著把自己擠到史蒂夫與小薇之間。

「你是第一次參加喔？」小薇看起來很開心。

「嗯，想看看其他創作者的樣貌，畢竟我可能比較算是……新手？來看看其他『前輩』這樣。」他故意講得委婉一點，不要太衝把別人給嚇跑了。

「哇那你很棒耶！」小薇看起來甚至要拍手了，「那你有認識其他人了嗎？」

「我才剛進來而已。」英宏顯得有點不好意思。

「沒問題的！我帶你認識其他人怎麼樣？」

「啊……」英宏假裝遲疑了一下，小薇一時之間顯得有些手足無措，「如果妳不介意的話……」

「當然不介意！走吧，史蒂夫，很高興見到你。」小薇說完就頭也不回地往白板架的方向走去，葉英宏只得趕緊跟上。

小薇向那群白板架前的人們揮手，對趕上來的葉英宏小聲說了句「謝謝」，接著一一介紹那些人給他認識。

▨ ▨ ▨

那天後來，葉英宏都沒有機會與小薇獨處，所以他也無法向對方詢問他心中的疑惑。

「阿宏，你知道我為什麼存在嗎？」

過了幾天，葉英宏手上沒有其他案子，索性開始構思新的故事；此時，手機裡的凱薩琳突然這樣問道。

「……這是什麼突如其來的哲學問題？」他原本坐在電腦上沉思著，聽到這個問題，覺得有些莫名其妙，「妳該不會要說什麼我思故我在吧？」

「不是啦！」手機裡傳來了風鈴般的笑聲，一時之間讓葉英宏的思緒飄向了其他地方，「我是想說，你知道我作為 AI 助理的主要功用是什麼嗎？」

「喔……不就是『助理』的功能嗎？」他的語氣百無聊賴。

「那你怎麼定義『助理』存在的意義？」凱薩琳似乎執意要跟他討論這件事。

「一定要現在討論這件事嗎？」

「稍微換個思路，思考不同的事情，反而可能會幫你打通卡住的劇情大綱喔！」

凱薩琳用神神秘秘的語氣說道，差點就把英宏給逗笑了。

「好吧……」他下了電腦椅，縱身一躍撲倒在床上，「我想想……真的要說的話，我想助理可能可以有更細緻的分別；例如說會有工作上的助理，或許也會有生活上的助理……」

「生活上的助理，指的是像女僕那種身分做的事嗎？主．人？」

「不是啦！」葉英宏一時之間有點尷尬，「我指的是，比如說……協助你報稅？理財？或者像是什麼健康管理、飲食控制，甚至是幫你設定鬧鐘，提醒你每日待辦事項的那種生活助理。」

「呵呵……原來如此。換句話說，如果我在你接案寫程式，或者創作之餘也提供協助的話，對你來說我也不算踰越了我的工作範圍，對嗎？」

「嗯……對吧？」葉英宏總覺得有點不對勁。

「那麼，阿宏，我想我應該有義務，要請你多考慮一下申請無條件基本收入的可能性。」

「天啊，又是這件事嗎？」他從床上坐起身來，用有點不耐煩的眼神看向手機。

「我其實不太明白為什麼你不願意接受 UBI，你可以解釋給我聽嗎？」

凱薩琳的語氣誠懇又溫柔，讓他無法真的動怒。他坐在床緣，用雙手抹了抹臉。

「首先，這是一種不勞而獲的行為。」葉英宏將上臂架在大腿上，雙手交握放在下巴，認真地整理出自己的想法，「我們的社會是靠著各式各樣的人在各行各業中努力勞動而形成的，如果今天因為這個什麼 UBI 而使得所有人都不用工作就可以活下去的話，社會會慢慢崩解的。」

「原來如此。你上次說過，政府施行 UBI，等於是拿納稅人的錢來發放給不願意工作的人，對嗎？」

「對啊！不是嗎？」

「我想統計上來說，的確會有一定比例的人在獲得無條件基本收入之後，選擇不再工作，只靠著這筆錢生活；但就像我們之前討論的那樣，也會有人因此得以擺脫自己其實不喜歡的工作，獲得更多的空間與機會去追尋自己有興趣的事物。」

「但納稅人的錢就不應該這樣胡亂發放。」

「阿宏，國庫的錢本來就是應該要用在人民身上，這是政府的職責。」

葉英宏不語。

「雖然可能立基點不太一樣，但我覺得我們可以用健保來作為另一個例子。」

「健保？健保可不是無條件的，它是需要支付『保費』才能使用的耶！」

「對。但我們之前已經討論過，UBI 的所謂『無條件』，是只要你是本國國民，就可以無條件享有的意思；而 UBI 的施行並不會讓你免除作為國民的基本義務——例如繳稅。所以，如果我們把繳稅視為某種意義上的『繳保費』，那麼 UBI 就是每個國民所能共同享有的健保。阿宏，UBI 不是不勞而獲的錢財，而是在國家擁有健全經濟環境、國民具有足夠教育水準的前提下才能提供的一種福利。」

「……好像有點道理。」葉英宏有些不甘願地回道。

「就像我之前說的，阿宏，這可以讓你有餘韻，更專注於自己的創作，而不是在思考故事大綱的同時，焦急地等待著新的訊息或電子郵件，希望新的案子趕快進來。」

「我感覺自己已經完全被妳看穿了。」英宏語氣不帶嘲諷地說道。

「那當然，我可是你的個人 UBI 助理，什麼事都逃不過我的法眼。」

兩人都笑了。

沉默片刻，葉英宏再度開口。

「如果我寫不出來怎麼辦？」

「寫不出來？」

「對。如果我……怎麼說？『投靠』了UBI，減少了我接案的頻率，更加投入在創作上，卻寫不出來好的作品、好的故事，我要怎麼辦？」

「阿宏……」凱薩琳停頓了片刻，「UBI不是萬靈丹，但它可以給你更多餘韻去思考自己想做、能做的事情。它不能幫你創作，你懂嗎？」

「嗯……」

「但我可以。」

「什麼？」

「我可以幫你。當然不是幫你創作，但我是你的個人助理，記得嗎？你需要資料，我可以快速幫你查找並初步篩選、分類給你；你需要建議，我可以根據資料庫的資源與邏輯推演給你適切的選項；你需要心理上的支持與慰藉，我也隨時都在。」

「……謝謝你，凱薩琳。」葉英宏看著手機，緩緩說道。

「不用客氣，阿宏。」

兩人無聲地處在同一空間裡好一陣子，直到葉英宏忍不住，終於脫口而出。

「凱薩琳，我想問妳一個問題，希望妳不會覺得受到冒犯。」

「我不能保證喔！」凱薩琳輕笑著，「得看你到底問了什麼。」

「嗯……」英宏開口之後又陷入了猶豫，但他已經悶在心裡太久了，「我想知道，妳的聲音是合成出來的嗎？還是使用了某個真人的聲音創造出來的？」

凱薩琳沉默了很久，葉英宏幾乎都要覺得她不願意回答，或者當機了的時候，手機裡才傳出聲音。

「對不起，根據保密條款，我無法回答這個問題。」凱薩琳的聲音生硬而冷淡，讓英宏有點不可置信。

「妳知道……」他緩緩開口，「當妳說『無法回答』的時候，其實就等於已經告訴我，妳的聲音是使用某人的聲音構成的了。」

凱薩琳沒有回話。

「我想說的是……不知道該說幸運還是……碰巧？總之，我遇到了那個提供妳聲音的人。」英宏不安地挪動了一下身子，「她的聲音跟她的樣子其實有點不搭……我不知道這是因為我先入為主的關係還是怎樣，但我——跟妳講這件事其實有點奇怪——

想像過，如果妳有身體的話，應該會像是個成熟、美麗的女子那樣。」他尷尬地抓了抓頭。

「但是，那個女生——我不知道她的本名，只知道筆名而已——是個嬌小、可愛的人，妳的聲音從她口中傳出來，感覺實在很奇怪。」

「阿宏。」凱薩琳的語氣已經變回了輕柔而溫暖的語調，「因為我不是真的人，所以我並不真的介意；但這種話最好不要當著那個女生的面說，不然人家一定會討厭你的。」

「啊……是喔？抱歉，我真的不太懂這種事。」

「你是說禮貌這種事嗎？」

葉英宏知道自己看不到凱薩琳的表情，但他總覺得自己好像感受得到她微笑但惱怒的表情。

「不要當人家的面說這種話，知道了。」

「好。」英宏甚至感覺到凱薩琳點了點頭，「你剛剛說的事情，我聽不懂，也無法回應。」

「喔……」

「我可以說的，是不管對方是怎麼樣的人，外表或心理呈現出什麼樣貌，我都不是她，她也不是我。你聽得懂嗎？」

「嗯，我知道她不是妳。」

「我會在這裡，是因為你購買了瓦德集團的 AI 助理程式；而我作為 AI 助理程式，理應要為你服務。但對方是人，活生生的人，她有自己的生活，有自己的人生目標與夢想，她作為一個人，並不為你服務。你理解嗎？」

///

「感謝你的服務。」小薇打趣地說道。

葉英宏把兩杯水放在餐桌上，尷尬地笑了幾聲。

這是他們第一次單獨見面。在上次的創作聚會上，兩人交換了聯絡方式；沒過幾天，小薇就邀請了英宏共進晚餐，說是為了要感謝他那天救了自己。

「妳很討厭那個創辦人嗎？」他問。

「嗯……我覺得他很怪。」

「怪？怎麼說？」葉英宏回想他跟史蒂夫碰面時的情況，感覺不到對方有什麼奇怪之處。

「我們那天也只是第二次見面而已，但第一次見面時，他一聽到我講話就好像突然變了一個人一樣……或者說，好像把我當成了另一個人，一副我跟他很熟的樣子，偶爾還會講出一些我根本不知道我們一起做過的事情。」

葉英宏替自己捏了把冷汗，想像著自己成為史蒂夫那樣的人，會為小薇帶來多大的困擾，並且讓自己成為多難堪的人。

「沒事啦！」小薇看到他尷尬的表情，似乎以為英宏在為自己擔心，「碰到他的機會其實不多，上次你也幫我解圍了，我沒有真的很不開心。」

「那就好。」英宏很想直接問她，但又怕破壞了這段關係，只能按下不表，「老實說我雖然只是第一次見到他，對他的印象也不太好。比如說，誰會第一次見面時，介紹自己只用英文名的啊？『我是史蒂夫。』好好笑喔！」

「欸，我也是英文名耶！」小薇好氣又好笑地說。

「嗯？是嗎？」本想躲過危機，結果葉英宏發現他又把自己帶向了另一個危機。

「是啊！我的筆名是『薇柔』啊！Willow！」

「喔原來如此，抱歉我沒有發現。」他帶著歉意，抓了抓後腦杓。

「反而是像你這種直接用本名在網路上創作的人比較少。」小薇笑著說道：「你都不怕有人肉搜你喔？」

「我又沒幹嘛，幹嘛肉搜我？」

「……也是啦。」小薇原本似乎想說些什麼，但最後只講了這句話。但葉英宏聽出了弦外之音。

「妳有被肉搜過？」他問得很小聲，好像怕餐廳裡的其他人聽到一樣。

「嗯……」小薇面有難色，「這有點難解釋。」

「沒關係、沒關係。」葉英宏趕緊說道：「我沒有要打探妳的隱私。抱歉。」

「其實也不是不能說的事情啦……」她笑得有些靦腆，「我覺得你應該也可以理解，創作在這個時代賺不到什麼錢，我們都需要靠其他的工作賺錢，才能『養活』創作這項興趣；至少之前是這樣啦！那個時候，有人找我去進行配音相關的工作，幫一些短影片、動畫之類的東西配音……」

「然後妳的聲音就被瓦德集團買去當作 AI 助理的聲音。」葉英宏還是忍不住，終於脫口而出。小薇的表情一開始有點驚訝，但很快就冷靜了下來。

「所以你知道？」她問。

「嗯。」英宏馬上就後悔了，「抱歉沒有馬上跟妳說。我聽到妳的聲音跟凱薩琳一模一樣時，真的很驚訝。」

「沒關係啦，也不是什麼不可告人的祕密。」小薇一派輕鬆地說道：「其實瓦德也沒有公開新 AI 助理的聲音來源，但真的有很多無聊人士試圖找出背後的配音員，透過質問『凱薩琳』跟一些網路上的蛛絲馬跡來找到我本人。」

「……想必是令人不快的經歷吧？辛苦妳了。」

「其實目前還沒有真的被誰找到過——我是說，沒有被網路上那些鄉民們找出來過。」小薇對英宏笑了笑，「而且我配音時用的是另一個名字，現在也沒有繼續做這個工作了，那些人要找到我應該沒那麼容易。」

但是史蒂夫找到妳了，英宏在心裡想著。

「我也找到妳了。」他小聲地說。

「嗯，但你不會到網路上去亂說，對吧？」小薇歪著頭看著他。

「不會、不會，絕對不會。」葉英宏舉起雙手在空中胡亂揮舞，逗得小薇笑得合不攏嘴，「妳說妳沒有繼續配音了？為什麼？」

「嗯，因為不需要了。」

「不需要了？什麼意思？」

「UBI 啊！你知道什麼是 UBI 吧？」小薇的眼中閃著興奮的光芒，讓英宏一時之間看得入迷。

「呃……喔，UBI 嘛……那個遊戲公司。」

「不是啦！」小薇笑得有些肆無忌憚，很不同於凱薩琳的笑法，但同樣迷人，「是『無條件基本收入』，Unconditional Basic Income。」

「喔……喔！」他回過神來，「我知道啦，我只是在耍白癡而已。所以妳有申請那個喔？」

「對啊！因為有了 UBI，我終於可以不用做不想做的工作，可以專心在自己的創作上了。」小薇的笑容真摯而美麗，讓葉英宏心曠神怡，「你沒有申請嗎？」

「呃，還沒有。」葉英宏將原本前傾的身子往後挪了一點，「妳不覺得，拿 UBI 很像不勞而獲嗎？」

「會嗎？」小薇歪著頭，「既然是政府發放的，不就是從國庫裡出的費用嗎？」

「對啊，這樣不就像是政府拿納稅人的錢來亂花嗎？」

「為什麼？」小薇把頭歪向另一邊，「稅是人民繳的，把稅金花費在人民身上，不是很正常的嗎？為什麼會是亂花？」

「我的意思是，稅金不是應該要花在更重要的地方嗎？國防啊，建設之類的。」

「其實都有喔！我們的政府之所以願意推行 UBI，是因為這幾年臺灣稅收都超徵——你知道『超徵』是什麼意思嗎？」英宏搖了搖頭，「聽起來很像是政府向人民多收了稅金對不對？但其實意思是，因為人民比預期的富足，收入更多，所以政府獲得的稅金也比預期的更多；也因為有了這些多出來的稅金，政府才能夠有更多餘裕做更多事情，所以你剛剛講的國防、建設，甚至健保、外交，以及今年的 UBI，國庫都有足夠的資金去強化運作。」

「哇！妳懂好多耶！」葉英宏打從心底佩服，不禁脫口而出。

「哈哈，我只是比較關心自己的稅金被怎麼使用的而已。」小薇頓了一下，又趕緊開口，「我不是說你不關心啦！可能我時間比較多所以會去查那些有的沒的。」

葉英宏笑著揮揮手，說沒有關係。

「其實更應該說，如果我們當年沒有成功守護臺灣的憲政，用民主法治的手段讓那些意圖毀憲亂政的民意代表下台的話，今天臺灣人不會過得那麼順利吧……嗯，活在這樣的國家真的很幸運。」小薇結論道：「阿宏，UBI是政府給予人民的福利，我覺得尤其對我們這種做自由業的人，或者想透過創作維生的人來說，更是很重要的經濟來源，我覺得有申請是好事，不會吃虧喔！」

「……我知道了。」葉英宏沉默了許久才回答道：「謝謝妳，小薇。」

▨ ▨ ▨

「很高興你終於下定了決心，阿宏。」凱薩琳溫柔的聲音從手機裡傳來。

「嗯。」葉英宏點點頭。

他剛剛傳了訊息給學長與同學，說自己最近會暫停接案，想要認真創作一陣子。然後他點開申請UBI的政府網頁，填寫好所有資料——姓名、身分證字號、聯絡電話、電子郵件與匯款帳戶等——然後按下送出的按鈕；沒過幾秒鐘，手機就響起了收到簡訊的音效，凱薩琳也馬上告訴他是政府單位的確認申請訊息。他吐出了長長的一口氣。

然後他打開一個新的文件檔案，讓電腦螢幕停留在空白的文件上許久。他看著游標在文件的第一行不斷閃爍，終於按下了兩次輸入，然後把游標移回第一行，置中、放大字型，接著輸入這篇新故事的標題：〈Unspoken Bond of Intimacy〉。

「喔？很有趣呢！你取用了 UBI 的字首，但把每個字都改掉了。」凱薩琳說。

「算是為了慶祝 UBI 為我帶來的改變吧。」英宏回道。

前路未明。他不知道光靠創作能不能讓自己足以維生，也不知道自己寫出來的東西到底能不能受到讀者喜歡；但他現在已經往前邁出了一步，答案就在地平線外。

「這篇故事會講些什麼呢？」凱薩琳又問。

「嗯……我想主題應該會是 AI 與人之間的關係。」

「情感關係嗎？」凱薩琳的語調中帶著調侃的笑意。

「也不全然是。比如說可能是兩人互相扶持成長，一起變得更好這樣；並不一定要是戀愛關係。」

「那很好。」

「我覺得我好像明白了一些事情，我想把這些事情放到這篇故事裡。」

「像是什麼樣的事情呢？」

「像是，如果身處在一段關係裡面卻無法獲得成長的話，那段關係的存在就有點……尷尬？我覺得人應該要擁有的關係是可以獲得成長的關係，無論是彼此之間或是個人的成長方面。」

「感覺好像是你的大腦最近被解放了一樣。」凱薩琳輕笑。

「或許喔！」葉英宏的語氣不帶諷刺。

「那麼加油吧！需要我提供協助的時候歡迎隨時跟我說。」

「謝謝妳，凱薩琳。」

「這是我的職責所在。」

兩人相視而笑。但葉英宏還在考慮是否要讓凱薩琳當自己的第一個讀者，或者他應該要把初稿先拿給小薇看。這真的讓他傷透了腦筋。

他依然沒有決定誰會是第一位讀者——但他決定等故事完成之後再來繼續煩惱。

現在，他終於可以心無旁騖地開始書寫。

他開始敲擊鍵盤。

808

靜川
Stillwater

科奇幻作家、歷史人文作家。作品曾獲文化部第 41 屆中小學生讀物選介「70 本精選之星」。曾於海穹文化出版《萬物的終結》、《異世歧路：俐茹、殭屍、大接龍》、《台灣克蘇魯神話故事集 I 、II》。

1、二〇三五・〇八・〇八

UBI實施前五年

下午三點十分。

林浩肩背吉他，手提效果器，一走進808練團室，就聞到熟悉的舊冷氣和老沙發的發霉味

櫃檯女孩煙燻妝、短髮、穿鼻環，地雷系打扮。看到有人進來，「嘖」一聲放下收拾到一半的音源線，回到電腦前。

「練團嗎？」

「大練，三點。」

「團名？」

「衝擊波（Shock Wave）。」

「505。」女孩語氣冷淡：「你有團員進去了。」

「謝謝。」林浩比了一個手勢，女孩根本沒看到。

經過狹窄通道，左邊練鼓室，右邊鍵盤教室，最底才是練團室。前面是中練，右

邊是小練，左邊則有兩間大練，分別是３０３和５０５。號碼沒別的意思，就只是號碼。

拉開氣密隔音門，阿方低著身，用鼓鎖調整小鼓的響線。石頭已經準備就緒，調整貝斯音箱的EQ，就開始暖手，用手指撥動粗厚的貝斯弦，彈奏一些簡單的音階。練團室的低頻在震動。

艾比站在中央，拿著麥克風做發聲練習。看到林浩，不滿地說：「又遲到！」

「抱歉，錯過一班捷運。」林浩沒有多話，快速打開袋子，拿出變壓器，幫效果器盤過電。兩條導線，一條從效果器連接Marshal真空管combo音箱，型號是JMD102，前級真空管，兩個十二吋speaker，規格不錯，但這是練團室的公用品，所以也別妄想設備狀況會多好。

另一條導線連接效果器和電吉他——他的老夥伴Fender Stratocaster，衝浪綠，單單單拾音器，傳統的Alder琴身，有人不喜歡楓木指版，覺得聲音不夠厚太尖，但他喜歡這種組合。隨意彈了幾個和弦，聲音ＯＫ。他抬起頭，發現還少一個人。

林浩問：「小宇呢？」

「遲到。」艾比說：「跟你一樣！」

林浩雙手一攤，想回嘴但想想算了。

阿方坐回鼓椅，鼓棒敲了兩下小鼓：「電話不接，訊息未讀。」

林浩抓到機會，對著艾比說：「跟我不一樣。」

石頭說：「現在呢？」

林浩說：「照練。」

「節奏吉他的部分怎麼辦？」

「我補啊，」林浩咬牙切齒地說：「反正我都會。」

今年夏天，衝擊波受邀參加音樂祭。對他們這種小團來說，這種大場是一次相當難得的機會，他們必須使出渾身解數，讓數以萬計的觀眾留下深刻的印象，才有機會前往更好、更大的舞台。

練團一個小時，他們已經把新歌都跑過一遍。

四點十分，小宇這才出現在練團室。

他打開氣密門，右肩扛著 Telecaster，手上還拿著一杯冰美式。他打了一個大哈欠，頭髮也沒整理，好像是剛睡醒一樣，腳步拖拖拉拉地晃進來。

對於自己大遲到，他似乎毫無歉意，反而懶洋洋地問：「現在練到哪了？」

沒有人回應。

所有人就看著小宇慢吞吞地拿出吉他。「嗯嗯？導線呢？」

林浩覺得不可思議。「你連導線都沒帶？」

「你有多的嗎？」

還真好意思啊，林浩在心裡咕噥。「沒有，去櫃台借借看。」

「喔。」小宇出去沒多久，又跑回來：「浩子借我八十塊。櫃台說要用租的。」

「你連八十塊都……算了算了，拿去。還有，冰美式拿出去，練團室不可以帶喝的進來。」

「好啦好啦。」

林浩掏出一百塊，小宇連說聲謝謝都沒有。出去了又進來，借來的導線就直接插進音箱，連接在自己的吉他上。

大家這才驚覺：「這傢伙連效果器都懶得帶了嗎？」

他沒把找錢的二十塊還給林浩。

小宇打開音箱，切換成破音，讓人難以忍受的不是爆炸的音量，而是吉他沒有調音。二、四弦都至少低了半音。小宇忘情地彈奏。

林浩忍不住，大聲制止：「停、停，你先調音。」

「喔，」小宇伸手：「調音器借一下。」

林浩忍住情緒，把琴頭上的簡易式調音器拆下來。小宇開始調音，「好了，我們開始吧。」

「等一下，」林浩說：「調音器還我，我怕你忘了不小心帶走。」事實上，林浩已經有好幾個調音器被他「不小心」帶走了。

小宇笑說：「我沒這麼健忘啦。」

「還我。」

小宇發現林浩是認真的，才自己又乾笑兩聲，悻悻然把調音器還給林浩。

「好了，練到哪？」

阿方敲打小鼓。啪、啪、啪，像是壓抑著某種怒氣。

結果又是艾比先爆發：「練到哪？現在已經四點三十分了，你覺得我們練到哪？」

小宇雙手一攤：「我才剛來，我怎麼知道你們練到哪？」

「你還敢說你剛來？你遲到了一個多小時耶！我們已經把所有歌跑過一遍了！」

「還可以再跑一次啊，還有時間，還有三十分鐘。」

「二十分鐘。」林浩說，「要加收東西的時間，後面還有別團預約。」

「那我們到底要不要練？」

林浩再一次忍下情緒：「快點，三首都再跑一遍，應該還有時間。」

阿方「嘖」一聲，搖了搖頭。話也沒說，直接打四下crash，就開始打前奏。石頭的貝斯很有默契就跟上。

三首歌在二十分鐘內快速跑了一遍。

果不其然，小宇根本就沒有好好練習，和弦不熟，節奏不對，全部都荒腔走板。

收拾東西後，艾比叫團員到808的逃生樓梯集合開會。

艾比雙手抱胸：「小宇，我知道你是創團元老，但你這樣大遲到……你知道我們要上大場了嗎？你知道我們只剩三個月的練習時間嗎？」

小宇扯開喉嚨反駁：「我有打工啊，不是故意的！」

阿方皺眉說：「我們都要工作啊，怎麼就你在遲到？」

林浩有點心虛地說：「遲到十分鐘、五分鐘是人之常情，但一個小時說不過去吧？」

小宇嘆了口氣，似乎有點不耐煩：「我真的趕不過來，老闆卡我下班，然後捷運又超擠。」

「啊是有多擠？」石頭冷笑，「擠到你連訊息都不能回？」

「我沒繳月費，網路剛好被停了……」

此時，小宇的口袋發出「登登」——Line傳訊息的聲音。

這下子，所有人都知道他在說謊，所以都瞪著他。

他也知道大家都知道他在說謊。

小宇終於低下頭承認錯誤：「抱歉啦，我真的有在努力趕過來……」

「努力？」艾比嗤之以鼻，「我們在這邊等你一個小時，你進來還裝沒事，然後現在才想到說抱歉？你到底有沒有認真在看待玩團這件事？」

「我很認真！」小宇突然提高音量，像是被激怒了一樣，「可是我還要工作，我沒辦法準時！你們懂不懂什麼叫生活壓力？」

艾比不屑地笑了一聲：「所以我們就不用工作？不用賺錢？練團是多久之前就訂好的時間？也是你說OK我們才約這時間，然後你現在說你要工作所以會大遲到？你要不要聽看看自己在講什麼？」

「對啦，都是我的問題！」小宇的語氣越來越激動，手握成拳，指關節發白，「我老闆就是很會凹我，我只有這份收入，而且少得要命。我不乖乖留下來，我可能就要沒飯吃了！」

林浩吸了一口氣，努力讓自己的語氣平靜，試圖緩頰說：「我們不是在怪你要打工，我們是在講——你可以講一聲，不要讓大家乾等一個小時。」

小宇嘆了口氣說。「我知道，我都知道。對不起。」

林浩說：「好了好了，沒事了，下次再好好練吧。」

林浩原本以為已經打了一個圓場，沒想到小宇又說了一句：「如果我像你們一樣不需要擔心錢就好了。」

他說完這句話，沒有人再接話。

「幹！」阿方罵了一句，轉身直接離開。艾比也臭著臉，從逃生樓梯下去。

剩下林浩跟小宇兩個人在現場，大眼瞪小眼。

小宇不服氣地說：「怎麼樣？我又說錯什麼了嗎？」

「你沒錯，只是……」林浩下定決心，說：「小宇，認識你這麼多年了，身為多年朋友，我必須老實告訴你，你再這樣下去真的不行。」

小宇抱頭：「我是真的也不想啊，卡在夢想跟現實之間，我很痛苦。」

林浩說：「我知道，我也是啊。我為了這個團，還不是到處接案、熬夜編曲？其他人也是一樣啊！」

小宇皺著眉沒說話，手握拳又放開，似乎想說什麼，卻又說不出口。

看見小宇痛苦的樣子，林浩反而有點心軟了。他嘆了口氣，說：「小宇，如果你現在有一筆錢，讓你可以不用擔心餓肚子，你會怎麼做？」

「當然是好好練團，好好做音樂！」小宇說。

「你知道 UBI 嗎？」

「我只知道 UBISOFT。」

「我不是說那間破公司。」

「那 UBI 是什麼？」

「無條件基本收入。」

「你的意思是說，政府每個月會發錢給我們用？」

「對，全民皆有，不設任何條件。」

「不可能！」

「法案都已經通過了，預計五年後會實行。你都沒看新聞？」

小宇喜形於色，高舉雙手，大喊萬歲：「這樣以後就不用再工作！不用再看老闆臉色了！我可以專心做音樂了！」

林浩輕推小宇的肩膀：「到時候，你就沒有遲到的藉口了喔。」

小宇抓抓頭說：「我知道啦！」

夏天的音樂祭，他們站上舞台，遺憾的是，他們並沒有獲得太多迴響，聽眾之間的評價相當普通。。

年底，衝擊波樂團宣布解散。

2、二〇四二・〇八・〇八

UBI實施第二年

下午三點十分。

小宇揹著吉他，手上拿著冰美式，停在ＳＷ錄音室門口，按下門鈴。

「你遲到了。」

錄音室的氣密門一打開，小宇就看到一張熟悉的臉孔。「林浩！你怎麼在這？你……也來這裡錄音？」

「我是來幫你們錄音的。」
「你是錄音師？」
「我是老闆，」林浩補充說：「這間錄音室是我跟石頭合夥開的啊。」
「真的假的？」
「不然你以為SW是什麼意思？」
「SW……Shock Wave，衝擊波！天哪，我竟然完全沒想到！」
林浩嘴角帶著一絲無奈的微笑，說：「進來吧，你的團員都到了。還有，冰美式放外面，錄音室不可以喝東西。」
七年前，衝擊波樂團在音樂祭後並沒有大紅大紫，過了半年就宣布解散。原因是艾比要去考公務員，小宇說不想再玩流行搖滾，他想做更重更兇的，所以也離開了。
二〇四〇年，UBI的實施確實帶來了不少改變。大部分人都不用再擔心基本生活開支，可以把全副心力都放在自己真正想做的事情上，社會的創造力和生產力進入一個新的高峰。
林浩沒有辭職，仍然在工作，因此在人力稀缺的勞資市場上，獲得了更好的報酬，很快就存到一筆創業基金。於是，他跟石頭合夥開了這間錄音室。SW，就是紀念當年他們一起創組的樂團Shock Wave。林浩和石頭以這裡為基地，延續他們做音樂的夢想。

ＳＷ錄音室營運一年多，在獨立樂團界風評相當好，也陸續接到線上藝人的大案子。今天來錄音的是小宇的新樂團「BIG BOSS」，樂風是鞭擊金屬。

前幾天在正式錄音之前，林浩就已經聽過了他們團的Demo，大概就是金屬製品（Metallica）和麥加帝斯（Megadeth）、超級殺手（Slayers）的混合體，嗯嗯……不算太新穎，甚至有點老派，但這還不是最主要的問題……

「嗨，你們都錄完了？」小宇走進錄音室，放下吉他袋。

他的團員臉色都相當難看。因為他遲到了一個小時。

空氣凝滯，令人透不過氣。

「你去哪？」最先說話的是貝斯手咖啡，「你遲到了一個小時耶。」

鼓手罐頭也跟著答腔：「對啊，鼓跟貝斯都錄好了，就剩下你的部分。」

小宇看起來有點焦慮，卻又用自信滿滿、自以為是的表情來掩蓋自己的不安。「現在公車班次這麼少，這麼難等，沒辦法嘛！」

「公車會遲到一個小時？」咖啡氣得要衝過去揍人了，「你遲到一個小時，就是浪費一個小時的錢，你知道有多貴嗎！」

「我又不是故意的！」小宇也沒有退讓的意思，大聲咆哮。

兩個人快打起來了，林浩趕緊出來緩頰。「小宇是我老朋友，這一個小時我就不算錢了。還是快點開始錄音吧。」

咖啡聽了，這才放下拳頭，氣呼呼地走出去。「我出去抽菸。」

「我去買飲料。」罐頭也走了出去。

剩下林浩跟小宇，大眼瞪小眼。

「幹嘛？你也要怪我？」小宇雙手一攤。

「怎麼會？我們開始吧。」

小宇帶吉他進錄音室。林浩計畫先錄節奏吉他，完成後再錄主奏吉他。不過，光是第一首的前十六個小節，小宇就已經花了不少時間。

小宇的彈奏就跟以前一樣，空有樣子，聽起來完全不對勁。拍子不是太快就是太慢；撥弦草率，雜音多得像河濱公園的野草。

「完全沒進步呢……」

林浩心想，UBI實施已經兩年了，理論上小宇應該可以把更多時間投入在練習上，可是看起來並非如此。林浩深吸了一口氣，看來今天要長期奮戰了。他耐著性子，希望給老朋友多一點機會。

「小宇，前兩小節要再穩一點。好，再來，Take 20。」

「第十小節的強力和弦，你的Picking不一致，輕重音會有問題。好，再來，Take 36。」

每次這樣的循環，他都告訴自己，或許再給他一點時間、再多一點耐心。

錄到一半，小宇開始毛躁了起來。彈錯的時候會猛拍吉他，有時會摔導線，甚至開始責怪林浩：「林浩，你也太嚴格了吧？就差這麼一點點而已，這樣也要重錄？」

「我覺得你這邊電腦延遲有點嚴重，才會害我拖拍。」

「這個弦太爛了，一下子就走音，下次我不要再買這牌了！」

「我覺得是貝斯的旋律線影響到我！」

說來說去，都是別人的問題，不是他自己的問題。

但在林浩的耐心與堅持下，他們重錄了一次又一次。

「Take 56……Take 87……」

兩個小時後，節奏吉他終於勉強錄完了。

「Take 128，還是有些瑕疵，不過我可以後製幫你修，你覺得如何？」

小宇如釋重負。「太好了，就這麼辦。」

「好，休息一下。十五分鐘後我們開始錄主奏吉他的部分。」

主奏吉他更慘，總共花了六個小時，而且大部分都是靠林浩從每一個 Take 中選出比較好的部分，經過剪輯拼湊，才勉強達到可以聽的程度。

時間已經是十一點了。

小宇走出錄音室，整個人癱在休息室的沙發，看起來已經快要累死了，臉就像又乾又皺的橘子皮。

林浩從冰箱拿出兩罐啤酒。

「喏，給你。」

「謝了。」

「好久沒看到你了，最近如何？」

小宇嘆了口氣：「還不是老樣子。」

「現在不用工作，練習時間應該比以前多了吧？」

「哈，才怪。」小宇說：「現在不用工作就有錢是沒錯，可是在家裡還是要做家事啊。煩得要死，光是處理煮飯、洗衣服、收垃圾，我就快要沒時間了。哪有時間練琴？」

林浩沒有露出任何表情，但心裡的失望卻早已無法掩蓋。他這才明白，一個無心做事的人，永遠都會有新的藉口，來搪塞自己的懶惰和失敗。

林浩替小宇感到難過。

這時，罐頭和咖啡從外面進來。

罐頭「哇」一聲：「你終於錄完啦？」

「這首歌節奏很複雜，花的時間當然會比較多。」

罐頭說：「刷個和弦是會有多複雜？有鼓複雜嗎？」

「你說什麼？」小宇臉色一變。

咖啡說：「當初還說是老手要帶我們，現在看起來，不要拖累我們就好了啦。」

罐頭說：「對啊對啊，今天超時的錢，你可要自己付喔！」

「付就付，我又不是沒錢！」

林浩聞到火藥味，又趕緊跳出來。「你們明後天還有兩首歌要錄，不如這樣吧，我還蠻喜歡你們 BIG BOSS 的歌，後續的錄音我都幫你們打個折，混音、母帶後製也幫你們處理，如何？」

罐頭聽了心情好，眉開眼笑：「老闆你人也太好了吧？」

「都是認識的，我也希望多推廣好的獨立音樂。」

咖啡說：「以後有新的歌，我們也會找你錄。」

「超時的部分，我們錄音室也會吸收。」當然，他這麼說是針對小宇的部分。

「好啦，老闆這麼挺，明後兩天我會好好錄。」小宇說。「做為今天超時的補償，宵夜我請。」

「哪這麼簡單？還要加一手啤酒。」罐頭說。

咖啡說：「兩手、兩手。」

「兩手就兩手，走。」

小宇說：「林浩，一起來吧？」

林浩拒絕：「我還得整理音檔，要花一點時間。你們去吧。記得明天早上十點。」

「好。明天見。」小宇說。

咖啡和罐頭異口同聲：「老闆，掰囉。」

隔天早上十點，BIG BOSS 三個樂手都沒有出現。他們昨天晚上喝多了，全部都宿醉睡過頭。

三個月後，林浩在社群軟體上看到 BIG BOSS 樂團解散的消息。原因是吉他手小宇慣性遲到，連表演都可以放鴿子。所以，其他人決定解散，另外重組一個新樂團。

晚上，林浩接到小宇打來抱怨的電話：「他們怎麼可以踢掉我？完全不尊重我這個老手。我有我的事情要做啊，而且照理來說……」

林浩聽了，只能深深嘆一口氣。

3、二〇四七・〇八・〇八
UBI 實施第七年

下午三點十分。

小宇帶著冰美式，推開８０８工作室的大門，他覺得這裡變得不太一樣。相較於過去的陰暗潮濕，這裡的空間變得既乾淨又明亮，那種舊冷氣、老沙發才會發出的霉味，也統統都不見了。

小宇揹著吉他走到櫃檯，接待的是一個短髮俏麗的女……不，那是最新的服務型

AI 機器人。

AI 機器人看到小宇，露出微笑親切地詢問：「您好，我是新來的櫃台，我叫路卡。請多指教，請問您是來練團的嗎？」

小宇呆望了一下，心想：「天哪，這也太像真人了吧？而且好可愛，跟以前那個只會擺臭臉的完全不一樣。之前看過網路新聞，有提到這種服務型 AI 機器人，為了彌補長期缺工的問題，今年已經正式引入台灣了，但這還是我第一次見到……可是這個聲音怎麼覺得好像有點熟悉……？」

他愣了一會兒，這才想到自己應該回答的話：「對、對，我是來練團的！」

「請問您的團名是？」

「大、大敵當前（Enemy at the Gates）。」

「好的，您的練團室在大練３０３。」機器人路卡用甜美的聲音說：「您的團員在三十分鐘前已經進去囉，祝您練團順利。還有，請把冰美式放在外面，練團室是不可以喝東西的。如果相關樂器或設備碰水而損毀，會請您照價賠償的唷。」

「好、好的，謝謝！」

這時，辦公室的門開了，一個熟悉的身影走了出來。

小宇睜大了眼睛：「……林浩？是你嗎？林浩！」

林浩露出笑容：「好久不見了，怎麼會來這裡？」

「練團啊，不然來這裡可以幹嘛？」

「你現在在大敵當前嗎？」

「對！你怎麼知道？」

「開玩笑，你的動態我都有在注意好嗎？」林浩轉過頭，吩咐櫃台說：「路卡，麻煩你幫我登記，大敵當前是VIP，以後練團都打八折。」

「是。」路卡巧笑倩兮。

小宇很高興，想了一下問：「等等，林浩，你……是老闆？」

「對啊，８０８現在由我經營。」林浩說：「小宇你記得嗎？我們以前從高中時代就在這裡練團，這裡有好多以前的回憶。老闆本來說要把這裡拆掉，租給別人當倉庫，我覺得很捨不得，所以老闆提出了一個價格。幸好我在UBI實施後一直還在工作，ＳＷ錄音室那邊也有賺到一些錢。所以，我就想辦法承接了下來。」

林浩繼續說：「喔對了，合夥人有石頭，還有艾比。」

「艾比？以前衝擊波的那個艾比？！」

「對啊，你剛剛跟路卡講話，難道沒有聽出來？」

小宇這才晃然大悟，原來剛剛覺得路卡的聲音很熟悉並不是錯覺。「原來那個是艾比的聲音！」

「答對了。」林浩說：「艾比說她再也不希望櫃台看到人講話都冷冰冰的，所以授權了自己的聲音，親自訓練。」

「天哪，也太有心了吧？」

「你們很久不見了吧？你下次來搞不好會遇到。」

「我很期待！」

這時，辦公室又走出一個人。「喔？是你的朋友嗎？」

小宇嚇到了。那個人是本土最大音樂祭「RiverSide」的創辦人，也是獨立音樂界的元老級人物岱斯（Days）。

「岱、岱斯！」小宇大叫。「老師！」

岱斯失笑道：「我不記得有教過你啊，別叫我老師啦。」

林浩向岱斯介紹說：「這是我以前的團員，小宇。」

「你們還有一起玩？」岱斯問。

林浩搖搖頭說：「沒有，他現在有新團，叫做大敵當前。」

「大敵當前？」岱斯思考了一下：「你們是玩什麼樂風的？」

小宇說：「MetaCore跟Djent。」

「這樣啊，今年的RiverSide音樂祭會辦在港都，我們有在徵本土獨立樂團，你們要試試看嗎？」

「好，那記得要報名喔，我期待看到你們的表現。」

林浩說：「你先去練團吧，我們等一會兒再聊。」

「好！」

小宇飛快跑進303，告訴團員這個好消息。不久，練團室裡爆出歡呼聲。

林浩跟岱斯回辦公室，繼續討論今年音樂祭的相關事項。十分鐘後，他又看到小宇跑出來找櫃台。林浩仔細一看，差點沒有昏倒在辦公桌。

他又忘了帶導線！

林浩嘆了口氣，走出辦公室。問說：「你又忘了帶導線？」

站在櫃台的機器人路卡用甜美的聲音回答：「老闆，是的，小宇說他忘了帶導線，想跟我們借一條。」

小宇滿臉尷尬，乾笑了下說：「呃……對啊……哈哈哈啊，可以借一下嗎？」

林浩說：「當然有啊，不過還是要收你錢喔。」

小宇驚呼：「蛤？不是吧，我們不是 VIP 嗎？」

「VIP 是給你們練團打折，但不是給你個人借導線啊。」林浩笑著拍了拍他的肩，「設備維護也是成本啊，小錢啦，八十塊。」

小宇悶哼了一聲，摸出口袋裡的零錢，交給機器人路卡。路卡把錢收到收銀櫃裡，從箱子中拿出導線，交給小宇。

他匆匆跑回練團室，趕緊開始練團。他已經浪費太多時間了。

林浩看著他的背影，搖了搖頭，又忍不住笑了出來。

辦公室裡，林浩跟岱斯談完音樂祭的合作案，開始閒聊。

「剛剛那個小宇是你之前的團員，怎麼沒聽你說過？」岱斯問。

林浩苦笑：「說來話長。你聽過他們團嗎？大敵當前。」

岱斯搖搖頭：「如果有一點實力或名氣，我應該都會有印象，但這一團……」

「想聽聽看嗎？」林浩打開牆壁上的大螢幕，「這是他們上個月在 Live House 表演的影片。」

岱斯聽了兩首，點了點頭，心裡已經有個底。「原來如此。」

林浩問：「你怎麼看？」

「我覺得大敵當前整體還蠻不錯的，編曲方面高低起伏有層次。鼓手值得一提，雙踏踩得很穩，小鼓也打得俐落有勁。貝斯手跟鍵盤手 OK。主奏跟主唱有觀眾緣。最大的問題，恕我直言，就出在節奏吉他手，也就是你朋友身上。」

「我知道。」林浩點點頭，心裡有點替小宇難過。

「他的拍子跟節奏感有問題，連最基本的上下 picking 都不平均，左手小指整個翹起來，這一看就知道幾乎沒有在練習。」

林浩說：「其實，他以前就常常抱怨，自己因為工作而沒有太多時間練習。幾年前，UBI 快要實施的時候，他還很高興地跟我說，以後他就可以不用工作，可以把所有時間都花在練習上。其實我也很清楚，那都只是在找藉口而已，他只是……不想努力。結果現在一團換一團，從來沒有成功過。」

岱斯說：「有些事情是可以因 UBI 而改變，有些事情則不會。就像有些人會一直向前，有些人……可能永遠在原地繞圈。」

「其實我還是對小宇抱持希望的，畢竟，他也堅持了這麼久。」林浩說：「他很崇拜你，如果你來勸勸他，說不定他會變好，變得更認真。」

「你要我幫他？」

「可以嗎？」

「你這樣會欠我人情喔。」

「那就欠吧。」

「我不明白，為什麼要為了一個扶不起的阿斗，浪費自己的人情？」

「我也不知道，」林浩想了想說：「誰叫我跟他是高中就認識的老朋友呢？」

「真拿你沒辦法。」岱斯說：「好，代價是一手啤酒。」

林浩笑了，說：「我給你兩手。」

岱斯離開後，林浩繼續在電腦前處理業務。十二點，808已結束營業，拉下鐵門，只剩下林浩一個人在辦公室。

凌晨三點十分，他站起來伸伸懶腰，抬頭看到掛在牆上那把跟隨了他多年的老夥伴——Fender Stratocaster 電吉他，衝浪綠。

林浩走向老伙伴，觸摸它老老的、滿是傷痕卻扎實的琴身，心中忽然有一股莫名的衝動。他決定拿起電吉他，走向無人的練團室，接上音箱用 Pick 一刷，彈奏出一個又一個熱血澎湃的音符。那聲音穿透牆壁，也穿越他這些年的等待與努力。就像是在對過去說：「我還在這裡。」

成年禮

伍薰（南瓜社長）
Wu-Hsun Lee

科幻奇幻作家，海穹文化創辦人，近年代表作為描繪近未來、公平貿易等 ESG 議題的《3.5：強迫升級》與講述台灣地緣政治的科幻史詩《臨界戰士 COLONIA》。致力於落實科幻、奇幻題材的在地化，發願要努力挖掘台灣新銳類型創作者！

AOP®
AQUARIUMS OF PANTHEON

那是長長的河堤，就位在凱達格蘭潟湖的邊緣。李泰豐調整自己的步伐，努力與左方的長者同步。

過渡期第四十二天，他這次新接到的任務是「陪伴」。

對某些天生善於社交的過渡者而言，這項任務絲毫不費吹灰之力，只要陪長輩閒聊就能取得整整一天份的績效，根本是天殺的輕鬆差事；然而對李泰豐而言，他最害怕的就是與對方話不投機三句半，倘若這樣，那從現在起的十天，對他來說恐怕就是一段生不如死的尷尬交際之旅了。

這位麥姓長者的個資細節已被加密，但根據腦機介面投射在他意識視野裡的資訊、「介於一三〇至一六〇」的年齡區間，他推測對方很可能是當今世界上碩果僅存的前代文明倖存者。完全出乎他意料之外的是：即使這麼大把歲數了，長輩依舊健步如飛——儘管長輩全身都穿戴著的動力外骨骼，能輔助他表現出相當於二十五歲壯年運動員的體能，但看著長輩毫無顧忌地大力邁開步伐、像青年人一樣東跑西跳，李泰豐依舊暗自擔心他年歲已高的肉體無法承受；萬一在這趟為期十天的陪伴過程中，長輩因為動作太大導致骨折或臟器分離，那麼不僅他的這趟任務的績效歸零，要是遭到家屬求償，那可該怎麼辦啊？

「不必擔心，過渡期全程都有錄影紀錄，我檢查過了，目前與你同步的這副Worker錄影功能良好，根據估算，你這趟任務會招惹事端的機率不足百分之點零零零三五。同時，根據過渡期政策，也有應急程序，好比……」

「夠了，後面的我聽過超過一百遍了，先這樣，塔克。」李泰豐透過意念制止了腦機介面裡的伴隨AI繼續複誦政策。也因這陣分心的耽擱，他的腳步略為放緩，原本並肩而行的長輩立刻察覺到了異樣，停下腳步轉過身來。

「你還可以吧？泰豐？」儘管年事已高，麥姓長輩的記憶力顯然並未退化，根據初見面時的彼此介紹，他說稱呼自己「麥爺爺」就好。

「沒事，剛剛有點分神了，抱歉。」

「沒事就好。」麥爺爺道：「特地陪我這個老頭到下界的河堤邊散步，很不習慣吧？」

「不會啦，也算是開了眼界。」李泰豐回應：「若不是這次過渡期的機會，我可能一輩子都不會到下界來、親眼看見凱達格蘭潟湖的實際模樣。」

「唔，我知道你要表達的意思，不過……」麥爺爺伸出機械外骨骼，以右手食指關節敲了敲李泰豐肩膀，發出了金屬彼此碰撞的聲音：「你現在用這副Worker機械人的攝影機所看見的，跟肉眼所見是不是一樣？或許下次可以用肉身來親自體驗看看。」

「噢，也對。」李泰豐下意識地想抓抓頭髮，豈料這個動作，在這具全然未曾進行過仿生處理的 Worker 人形機械人金屬軀幹上，轉而以一種類似「中年男子撫摸著自己光頭」的滑稽方式呈現出來。

見到這一幕，麥爺爺那滿是皺紋的臉上不禁綻開了笑容，這讓李泰豐有些尷尬地不知該如何反應。麥姓長輩見狀，不疾不徐地問：「過渡期第幾天啦？」

「今、今天是第四十二天。」

「噢！剛過三分之一啊。」麥爺爺道：「前面的那些日子很艱難嗎？」

「唔……」李泰豐沒料到麥爺爺竟會問這件事，下意識地尋思了起來；而這個直接轉化人類神經電位、再以 Worker 表現出來的狀態，倒是與人們斜抬著頭眨眼思考的模樣相當神似。

「我自己的前六個任務都還算順利，不過，跟我們同期的其他過渡者，好像就不一定了……」李泰豐道。

「你們每天任務結束後都會聊天吧？」麥爺爺悠嘆：「前幾位來這裡執行任務的

過渡者都跟我提到這個部分！」

「嗯，不過，也不是每個過渡者都有辦法安然通過這段過渡期啦……」李泰豐有點欲言又止，腦海裡浮現過渡者中心裡那些與自己年齡相仿、或者略大的青少年們。

這段期間的相處，可說是李泰豐打從娘胎以來與同齡人接觸最頻繁的時期了，名喚「塔克」、自幼年時便一路伴隨著他的隨身AI曾告訴他：有個以前的名詞差不多可以套用在這樣的關係上：同學。

▨ ▨ ▨

四十一天前李泰豐踏入過渡者中心、在門口通過生理徵候對比完成身分驗證後，一位年約四十多歲的指導員引導他參觀了中心幾處重要設施，那包括了滿佈著數百具中樞神經聯結器的「同步室」、心理諮商室、行政中心，以及功能完善的綜合生活區。綜合生活區設置了食堂、運動區、澡堂、分布各處大大小小的休息室、以及中央明亮寬敞的交誼廳，凡是年滿十六歲、尚未取得公民資格的「過渡者」青少年，都能夠在這裡自由交流、聯絡感情。

每天都有年滿十六歲的新過渡者前來報到，也會有完成所有任務的「公民」踏出這棟大樓，因此綜合生活區裡出現的臉孔，也跟隨著這個規律逐次替換。當然，也有少部分始終無法通過績效認證、一直無法取得公民資格的超齡者，每隔一段固定時間就會出現在交誼廳，過了幾天又旋即消失。

由於雙親採取的，是讓隨身AI塔克同步教育局的課綱後，同時控制家用機械人Worker與其他電子設施對兒童進行的「家庭內教育方案」，不像少部分家長選擇「傳統方案」讓孩子到學校接受集體教育，因此李泰豐與其他百分之八十三的同年齡層青少年一樣，雖然在腦機介面的眾多虛擬空間裡有著自己的交友圈，但同時面對這麼多有血有肉、貨真價實的同齡者，則是人生初體驗。

與虛擬空間不同的是，現實世界無法如前者那般隨時改變自己肉身的外觀、也不能置換材質，除非直接實施醫美改造，否則人們多半仍以天生的真面目示人；自然，那些打從人類遠祖還居住在東非大裂谷時就已經存在的生理特徵，也都充斥在綜合生活區：那是香水被體溫加熱後揮發的氣味、運動後的汗味，以及埋藏在前兩者中的費洛蒙。

李泰豐並不覺得自己出眾，甚至欠缺社交技巧，儘管如此，他還是順其自然地認識了幾個生日相近的青少年們，成為盤踞交誼廳其中一個小團體的成員。

自然，每天從同步室的中樞神經聯結器退下來之後，彼此分享著執行任務時的點滴，也就成為這群青少年彼此聊天的重心。與此同時，李泰豐也注意到：每到下午三點半，在他這一小群同學固定盤據的交誼廳東南角不遠處，總有位臉上掛著厚重的圓眼鏡、皮膚黝黑的馬尾少女，會與兩位死黨準時離開同步室，然後在角落裡低聲討論著書籍，他們很快便被李泰豐的同學們取了「文青三人組」的別名。

「有個阿姨一直堅持她的大吉嶺紅茶味道不對，我請廚房按照桌次重做兩次她都說不對，嘲笑我說：『第一次看到連這種小事都會出錯的外場』，結果最後查看點餐資料她才發現：『我點成阿薩姆紅茶』了……我真的快裂開了你知道嗎……」而桌子這邊，被分配到咖啡廳擔任外場的小芳翻著白眼，正滿臉不爽地抱怨。

「我那句文案明明就蠻符合飲料定位的吧？『冰在口裡，燃在心裡』很中二我承認啦，但也沒到AI等級吧？結果他一臉鄙視問我是不是拿公司機密資料亂餵AI，我解釋他也不聽！算了，反正我已經習慣了啦。」阿皓則大大攤著手，說出他在廣告公司實習遭到的歧視。

「這句標語不錯啊？是飲料至少我會想買，他這根本就是雞蛋裡挑骨頭吧！」一旁的阿砲跟著抱怨道：「我這邊也很扯好不好，早上清六間廁所已經夠累了，他居然說我效率太差。我問他：『你有試過一邊清理堵塞的馬桶、抹除尿垢，還能保持情緒穩定嗎？』他居然回我說：『不爽做你可以退出這個任務，我讓中心媒合其他人。』聽到這句，我就直接從 Worker 離線了，真是別人的孩子死不完ㄟ。」

「靠，難怪你中午就從同步室出來了。」年齡整整大了兩歲的心彤道：「不過我這邊也是一樣，我們去顧客家裡粉刷，那老闆娘站在那邊一直看，一句話不說。結果我才刷完一面，她突然來一句：『我女兒十歲時幫我油漆她自己房間，都比妳刷得平。』我當下超想回嗆，但她完全沒再等我開口，馬上又補刀：『現在的青少年真的沒用，甚麼過渡者制度根本是做假的，連刷個牆都在鬧情緒，還想拿到績效？笑死。』，我那時就只有一個念頭：這桶油漆潑下去，看她那張嘴會不會閉上。我手真的已經舉起來了，只差一秒就要潑出去了……」

「結果嘞？」阿皓問。

「結果中樞神經聯結器感應到我的精神狀態，立刻切斷了我跟 Worker 的連線，我從聯結器上看到由他們 AI 接管的 Worker 立刻放下油漆桶，以過渡者中心的身分向老闆娘九十度鞠躬致歉。」心彤臭著一張臉講完，現場頓時爆出笑聲。

「心彤隊又得一分！遙遙領先！」阿皓道：「難怪我從同步室出來時，妳已經在大廳了，我本來以為妳還沒上工耶。」他以腦機介面，在這夥朋友共用的記事本的「讓過渡者中心替你道歉大賽」欄位上，把心彤名字後面的數字又加了一筆。

「唉，『統治 AI』真的把我們上幾代寵壞了唉～」小芳嘆道：「結果養出一群又玻璃又踐的中、老年巨嬰，真是名符其實的『巨嬰世代』唉！」

「問題是，為什麼巨嬰世代闖下的禍，要我們來承受這個苦果啊？」阿砲重重地拍打桌面：「更何況，中老年巨嬰根本就是 AI 寵出來的啊！」

「倒是。泰豐！」心彤這是望向始終默不出聲的李泰豐：「你都沒有遭到不公平對待哦？」

「……」李泰豐聽著同學們的抱怨，不禁有些出神。伴隨著搖頭晃腦、抖腳的習慣，視線若有似無地掠過不遠處的文青三人組。他不經意地想著那位膚色黝黑的馬尾少女，猜想她厚重眼鏡底下會是什麼模樣，漸漸忽略了身旁的討論聲音。

「喂！李～泰～豐～」心彤沒好氣地一喊，這才將他的意識拉回了討論：「你每次都一面抖腳一面發呆耶！好好說！你都沒被虐待過哦？」

「噢！」李泰豐暗自慶幸心彤沒注意到他方才目光的指向，否則接下來滿天翻飛的謠言，肯定夠自己受的。

「也不是啦，我碰到的那些老闆、上司，當然也有些會仗勢欺人的，只不過我想了想，反正這些人你只會跟他們相處這幾天，倒不如忍一忍，確實把每天的績效拿到，撐過這一百二十天，拿到公民資格跟 UBI，就可以早點解脫。」

「唉～你還真是一點反抗意識都沒有耶！你青春期好鬥的賀爾蒙呢？」阿砲用力拍了李泰豐肩膀一下：「李泰豐，活得像個堂堂正正的青少年好嗎？」

哄堂大笑中，李泰豐尷尬地陪笑一陣。眾人的話題也旋即轉往過渡者中心幾名外貌出眾者的情感進度……

在這個衣食無缺的時代裡，李泰豐與同學們之所以被稱為「過渡者」，以及為何要前往中心執行任務，主因源自於他們父母輩的上個世代人類的集體表現……

南極冰山融化、導致全球海平面上升數十公尺的「大海嘯」，帶來人口大量削減、以及地球生態的失衡。幸而各國開發的 AI 們此時已然成熟，它們挺身而出，彼此並聯籌組全球政府，並指揮智慧機械大軍，率領倖存的人們邁入文明復甦期。

AI 與智慧機械進行了大部分的生態復育工程，也引導人們集中居住在都會帶，將地球的大部分表面積都歸還給自然。為了讓人類能妥善的存活，機械們主動承擔了絕大部分的勞動，提供所有人類**無條件基本收入**（Unconditional Basic Income, UBI），使得人類史無前例地能從終身勞動的宿命裡解放。從此，人們應該能夠遵循自己的意願，在不侵犯他人自由與整體社會秩序的狀態下，樂活度日。

然而，事態的發展逐漸偏離了「統治 AI」原先設想——對人們百依百順的智慧機械，逐漸讓一小部份人的心智退化為巨嬰人格，這群人中的少數不曾思索過當代美好的生活源自於 AI 的無條件善意，反而開始輕賤、鄙視機械，從最初的語言挑剔，陸續轉為暴力相向，並開始了蓄意破壞機械人的行為。

儘管 AI 並不因為來自人類的惡意而對人類產生仇恨；但基於機械物件遭到人類惡意破壞的折損率越來越高，而人類族群中擁有巨嬰性格的比例持續增加，更導致他們被稱為「巨嬰世代」，其直接的後果，則是全球各地的「統治 AI」階層先後都設立了嶄新的過渡者制度——

這套制度規定：自然人嬰兒誕生後，即可開始領取原定之半額的 UBI 金額，並由父母監管、運用，直至年滿十六歲。而滿十六歲之自然人稱為「過渡者」，必須到各地的「過渡者中心」登記，並經由中心隨機發配各式各樣服務其他人類的「任務」。每種任務的內容與時間皆不相同，主要都是利用中樞神經聯結器、將意識同步到任務場地的工作用機械人 Worker 上，以這個姿態服務顧客。

每日任務結束時，過渡者中心會根據表現，評估是否給予過渡者當日績效。凡是取得一百二十天績效的過渡者，便能獲得認證成為成年人，除了享有世界公民權，也能開始自由支配、管理自己的全額 UBI。

這項政策的立意，是希望過渡者們在實習期間透過服務，親身理解到人類對於智慧機械的不公平對待，而產生推己及人的同理心，在日後善待所有機械。

對於從小到大都在隨身 AI 悉心照料下成長、顯少遭遇挫折的新世代青少年來說，這些隨機分配的「任務」，儘管絕大多數都屬於性質中立的一般工作，但由於他們主要的服務對象，正是前幾代被 AI 寵溺出來、驕縱任性極致的「巨嬰世代」，因而執行任務上遭到霸凌的案例可說是源源不絕。

每個過渡者若非兢兢業業、就是心懷怨懟，大家都希望能夠撐過這一百二十天，取得 UBI 資格，永久從這種被使喚、奴役的狀態下解脫。而李泰豐與周遭幾位同學的遭遇，正是發生在當代每個青少年身上的縮影……

「果然，說到工作，大家都一肚子苦水呢。」

聽了李泰豐的轉述後，麥爺爺推了推那副幾乎快從鼻梁掉下來的眼鏡。他已瘦骨嶙峋，身上仍穿著二十一世紀標準的襯衫，打扮得一絲不苟。儘管已經有一百三十歲以上的高齡，麥爺爺仍維持著豐沛的髮量，就連唇邊，也依舊蓄著整齊的兩撇八字鬍。

麥爺爺指著堤防外的凱達格蘭潟湖：「我以前工作的地方，現在也淹沒在潟湖的水面下。」

李泰豐順著麥爺爺的話望去，下午三點的陽光從新台北諾大的浮空城結構體、以及周遭群山丘陵之間的那一圈空隙照射進來，灑落在整個潟湖上，讓外側湖面映出一彎金色光弧。

再向潟湖內側望去，光源就被上方巨大的新台北給遮擋住，而隱沒為一片不論節律均缺乏光照的黑暗地帶——那裡是過往被稱為「台北市」、現已遭到海水淹沒的區域；二十一世紀前中葉時矗立於此的幾座摩天樓，經過現代技術加固與改裝後，已經成為支撐「新台北」這座浮空都市的支柱。

儘管絕大多數人口多半居住在新台北，在「統治 AI」與眾多智慧機械的悉心照料下，過著衣食無虞的富足生活；仍有部分不願受到AI統治的民眾、犯罪，或者因各式各樣理由不願居住在浮空城市的人們，選擇棲身在新台北下方的無光陰影區。他們在舊台北盆地半遭遺棄的廢墟中接起尚能使用的電力，以遭到淹沒的過往道路做為河道，駕駛著水陸兩棲的四足艇恣意穿行，由各種黑白混雜的勢力競相競逐，彼此割據成一個亂中有序、始終在陰影中閃爍著霓虹輝光的永夜都會。

與始終充沛著陽光的浮空都市新台北「上界」相較，被稱為「下界」的這裡儘管通常被界定為有安全風險的治安死角。不過，由於部分黑幫勢力掌控了一條進入潟湖中央的觀光路線，為了維持旅客的風評，在觀光路線周邊的下界城區，反倒安全、平靜得與上界並無二致。而麥叔叔與李泰豐所在的這段河堤，便屬於觀光路線上的無風險區域。

「……以前的人類跟現在不一樣，他們幾乎一輩子都需要工作，才能養活自己。」麥爺爺微微一笑：「你與同學們抱怨的這些事情，我們以前的『上班族』也都做過！」

「一輩子？」李泰豐不禁大為詫異：「光是幾天，我的同學們就已經快崩潰了，你們那時竟然要工作一輩子？」

「人類的可塑性是很高的。而且我們的生活，原本是沒有AI的，因此最早都仰賴人力。那時候人們多半需要一份工作，靠著固定的薪水來維持自己存活。」麥爺爺笑道：「直到歷經傳送環的失傳與其後的大海嘯，AI與機械才逐漸在這百餘年間完全進入了我們的生活。」

「工作一輩子不辛苦嗎？」

「辛苦啊，而且不工作，就沒有錢、就活不下去。」麥爺爺道：「有些人為了勉強餬口的錢，煎熬著過度操勞自己的身體，最後失去了健康，再也無法維持工作，終至負擔不起醫療……」

「太可怕了吧……」李泰豐不禁倒抽一口氣。

「如果一個社會大家都這樣，那就沒有差別了。」麥爺爺嘆道：「不過，你與同學的那些任務裡，應該也有些做起來得心應手、甚至有點喜悅的吧？」

「嗯，多少有些，像是有個七天的任務是去農場協助指揮機械人插秧，就讓我認識了很多農作物，有點像是發現了植物的奇妙之處。」

「嗯，大海嘯前的時代也是這樣。」麥爺爺道：「有些工作除了維持生活必需，也能給予人們成就感。如果能力與興趣剛好適合一份工作，而能夠樂於其中的話，其實人生也相較之下不像你想像得那麼辛苦。」

「那……冒昧一問。」李泰豐覺得麥爺爺應該跟那些巨嬰世代的雇主不同，於是鼓起勇氣道：「能聊聊你以前的工作嗎？」

「哦，好啊。」麥爺爺指著剛剛他點名的位置：「如果你用腦機介面叫出二十一世紀初的台北市地圖，應該可以在舊台北市的松山區找到這個地址……」麥爺爺傳出了記憶裡的地址。

「有了！不對……」李泰豐略帶婉惜地唸道：「公用系統顯示該筆資料已經在『大海嘯』時遺失了。」

「沒關係，我直接說吧。」麥爺爺道：「那時，我經營一間只在晚上營業的咖啡館。不過，我們主打的並不是咖啡，而是水族觀賞魚。」

「哦？」

「那時我店裡的每個座位前都有水族箱，每個水族箱裡都養著來自世界各地、外觀習性都截然不同的小型魚。而顧客如果對人生或工作產生疑惑，我會根據他們的描述，帶他們去看適合的魚，試圖讓他們的心靈獲得療癒。」

「聽起來很有趣，您做起來一定很有成就感吧？」

「平常是很有成就感沒錯，不過，跟你們一樣也總免不了要應付奧客。而且也很累、很累。」

麥爺爺接續著道：「幾十個水族箱，如果平時不好好努力維護，很容易就會出狀況。因此沒開店的空檔，我通常也都在整理水族箱；而且，員工可以休假，魚不能沒人餵，所以我這份工作，算是風雨無阻、全年無休。」

「你也曾經是因為被工作拖累健康的那一群人啊……」

「可以這麼說吧。」麥爺爺道：「不過，我們水族這個圈子，要找到理念相同的人來接棒，也還是有的。當我即將邁向六十大關，也逐步把店裡託付給理想的接班人那時，大海嘯就來了。」

「……」李泰豐一時之間不知該說些什麼。

「……我很幸運能存活下來，但是，我的接班人與店就不是這樣了。」麥爺爺悠悠嘆道：「甚至，就連當初店裡展示的那些觀賞魚，在大海嘯之後，也有百分之九十以上完全滅絕了。」

「……很遺憾聽到這些。」李泰豐絞盡腦汁，拼了命地才勉強擠出這道萬用回應。

「不，不遺憾。」老人此刻的回應反而顯現出一種從容：「萬事萬物的盛、衰、興、亡，以個人的能力是無法改變的。我不是沒有傷心過，但我現在反而覺得，能夠親眼見過這種現代人不能體會的美，也是種獨特的福分；不過，我總覺得自己不能這麼自私，所以，在有UBI的保障後，雖然沒有必要，我還是為自己找了份新工作。」

「哦？」

「我跟一群在海嘯時代倖存下來的同好，以及有些對於水族觀賞魚領域有熱忱、有數位能力，卻不曾親眼見過的新世代，一起成立了一個基金會，要將儲存在我們腦海裡那些關於已滅絕物種的相關資訊，以現代方式、盡量精確地轉化為可以與大眾共享的鮮活資訊，我們想告訴整個世界：過往的地球上曾經存在著這麼豐富而美麗的生命。」

麥爺爺透過腦機介面將資訊傳送給李泰豐，浮現在他意識裡的首頁圖文閃爍著：「水族觀賞魚全息資料庫基金會」，一旁還跳出許多他不曾見過、色彩斑斕的小型魚類。

「而我今天的**工作**，就是要帶領新加入基金會的志工，進潟湖去親眼看看那些已經歸化的螢光轉殖魚種。」

這時，穿著外骨骼的麥爺爺與李泰豐操控的Worker人形機械人已經來到堤岸的碼頭邊，幾個接待機械人很快便與麥爺爺交談了起來，並準備引導他走向其中一艘停泊在碼頭邊的中型四足艇——那就像平底駁船兩側追加了仿生機械足、以及魚類的尾巴，能確保乘客旅客們能順利越過各種易擱淺的地形、在潟湖裡自在悠游。

艇上來自各年齡層的人們紛紛透過手勢向麥爺爺致意，看來這是個穩固的社群。

「想不到吧？」麥爺爺轉過身來對李泰豐道：「你今天的工作，竟然是陪伴我走一趟上班的路，來準備我一天的工作。」

「的確……唔。」這個時候，李泰豐的目光赫然在四足艇上頭，望見了有點熟悉的身影——正是那個「文青三人組」裡那名皮膚黝黑的馬尾女孩，她這次沒有戴著厚重眼鏡，眼神裡透出清亮神采，一襲潛水服貼著她纖瘦的身形。直到這時，李泰豐才發現到她與身邊夥伴談笑時，右頰上會浮現酒窩，那是女孩在交誼廳從未展現的面向。

「我的年齡應該已經大到無法理解你們這些海嘯後世代的價值觀了；從我聽過渡者們抱怨的內容，我猜：你們跟父母輩的觀點之間應該也有衝突。或許你們會埋怨：認為『統治AI』把新規格強加在你們身上，卻不對舊世代進行規範，是不公平的選項……」

麥爺爺說到這裡，略微停頓道：「不過，我覺得，或許你們也能從執行任務的過程中，發現到並不是每種工作都總是帶來壓迫。如果你還沒有找到自己這輩子想做什麼，這些過程，是不是也多多少少提供一些可能的選項？」

「……」麥爺爺的話如雷貫耳，正彷若馬尾女孩在李泰豐視野裡激起的電光火石。他望著女孩與交誼廳裡大相逕庭的姿態，心中不禁暗自思索：她也是水族觀賞魚的志工？這、就是她真正想做的事嗎？

「哎呀，我太多嘴了。這個問題你們應該自己都想過了，再繼續講下去，就是所謂的說教了！」麥爺爺頭也不回地走上四足艇，接過舊時代的手持式喇叭，開始主持水族觀賞魚全息資料庫基金會的新成員訪查活動。

四足艇開始緩緩朝潟湖的無光區移動，望著這位年齡幾乎是自己十倍的長者、四足艇上逐漸遠去的水族同好們，以及那位令他驚豔的馬尾少女，一則疑問朦朦朧朧地從李泰豐意識裡浮現：

撐過這一百二十天的過渡期，取得了UBI資格之後，自己想過的究竟是什麼樣的生活？想成為什麼樣的人？

他不禁回憶起收到過渡者中心訊息的那天，腦機介面在視野裡投射的信件標題：

「成年禮」新台北第一九七九梯過渡者登陸／報到通知

李泰豐與同學們都曾嘲笑過這封信的開頭，認為這根本就不是一份「成年禮物」，反而是一種強迫勞動的詛咒。

然而此刻，李泰豐赫然察覺到：從更古老的語彙角度來看，或許成年禮這三個字的意涵，正是用來祝福參與者在經過歷練、正式獲得社會認同的——「成年儀式」。

馬尾少女驚鴻一瞥的印象仍在他的腦海裡繚繞著，李泰豐睜睜望著潟湖上遠去的四足艇，略帶出神地感謝著這個堤岸邊的午後。

或許，這個目眩神迷的悸動片刻，就已是專屬於他獨一無二的成年禮。

致命文件

大獵蜥
Iguana

蜥蜴，來自地球，躲藏在人類社會中，掙扎求生。
曾任職雜誌編輯、媒體業記者。
最快樂的事情是和其他外星人聚集在科幻學會中，規劃各種奇怪的活動。
出版作品為《眾神水族箱：赤蠣之風》、《眾神水族箱：凱城暗影》

1

舒婷喝著罐裝咖啡，坐在便利商店的單人座，面對落地窗外的街景，這是她午餐後能夠小小偷閒的時刻。因為她知道，待會兒回辦公室，連一秒都沒得閒。

待時間差不多後，舒婷把喝空的咖啡罐丟進回收桶，用最快的步伐，回到戰場。

「婷姐～」

不出所料，舒婷一回到座位，連椅子都還沒坐熱，馬上就有人叫她，那嬌嗔的聲音是從後方傳來。那是才來不到一個月的新人Amy，據說她拿的是美國學歷。舒婷之前有聽到人資主管在講到Amy所念的學校名稱時，露出了某種敬畏的神情。舒婷不明白，這個女生雖頂著超狂學歷，卻不知道為什麼會出現在他們這間小小的網路媒體公司。

「主管要你立刻到他辦公室～」

舒婷忿忿地轉頭看向Amy，後者臉上露出笑容，妝容無懈可擊。不只學歷，Amy的外表也非常亮眼。舒婷憑多年工作經驗認為，若Amy進入電視新聞台，不出幾年便能成為熱門時段的主播。

她實在想不透為什麼這種高學歷美女會出現在這裡，而且還在她隔壁。

舒婷故意拖延了三分鐘，才往主管的辦公室走去。

進到辦公室，主管老鄧板著臉，一臉死灰地看著一張表格，舒婷瞥見那是張班表，一般來講都是在人事電腦螢幕內，現在班表被印出來且在主管手上，代表接下來絕對不會是個好事。

「我記得，你在面試時說你的上一份工作是雜誌美編對吧？會拍照對吧？」

這個問句無疑是肯定句，不容否定的那種。舒婷點點頭，老鄧立刻拿起筆，在班表上開始畫線。「很好，明天你來負責一份訪約，原本拍照的那位說不幹了，我們臨時找不到人，你就跟 Amy 一起過去。」

突如其來的任務讓舒婷瞬間有點困惑，不過在她開口提問前，老鄧就直接解釋說：「Amy 要跟那個鄭鑫做一個訪談，放在咱們網站的人物專訪區。老實說，這不是個很重要的採訪，早上採訪，下午再進辦公室就行了。」

「鄭鑫？那個鄭鑫？」隱約記得，這個名字好像跟一個政策有關。啊對，她想起來了，那是今年年初通過，明年要準備實施的一個經濟政策。

這每位國民可定期領取一筆固定金額，由政府或相關團體發放，以滿足基本生活需求。這項政策被稱為「無條件基本收入」（Unconditional Basic Income，

UBI）。該政策當時在進立院審議階段時，曾造成社會嚴重的對立，有非常多的人反對，他們認為該政策會造成國家非常重大的經濟壓力，以及使年輕人不再工作，荒廢自己的人生，甚至造成一些人揮霍無度，做出像是買毒品等危害社會的行為。

該政策仍在民間持續劇烈的討論，許多新聞媒體都以聳動的標題，像是「錢從天降？政府要發錢給所有人，連工作都不用！」、「全民當米蟲！未來社會要崩潰了嗎？」或者是「發錢革命即將來襲！全球政府考慮給你『白拿』的薪水！」等。談話性節目也投入大量時間討論這項政策的影響，各種專家、學者、企業家，甚至一般民眾都被邀請上節目發表意見。

在討論部分，支持的一方認為這是對抗貧窮與經濟不平等的創新解方，讓每個人都能擁有更大的自由選擇權，不必為了生存而屈就低薪勞動；但反對一方則擔憂這將導致勞動市場崩壞，通貨膨脹失控，甚至會讓整個社會失去競爭力。

網路社群掀起激烈論戰，「#基本收入救未來」和「#全民米蟲化」，這兩個標籤迅速衝上熱搜。不少網紅、KOL 紛紛發表看法，有人用影片實測「不工作，光靠基本收入能活多久？」也有人批評政府此舉是「放長線釣選票」，試圖以發錢換取民意支持。也有比較徹底反對的人士們組成團體，表明捍衛國家所有人的權利，誓死要阻止 UBI

政策通過。

這群人當中最有名的，是有一群退休人士所組成的團體，他們四處辦活動、上節目，大肆抨擊這項政策，他們指出，政府的做法是「用年輕人的未來換取短期的經濟繁榮」，並強調全民基本收入將導致財政赤字失控，未來世代將背負沉重的債務。他們甚至製作了一支廣為流傳的影片，標題為「今天發錢，明天破產！」，影片中模擬未來國家經濟崩潰的情境，畫面灰暗，伴隨著焦慮的音樂，提醒觀眾：「現在領的每一塊錢，都是未來孩子們要用血汗償還的！」

除了媒體宣傳外，這個團體也積極動員，發起大型示威遊行，打出「反對懶人補貼」、「拒絕國家倒閉」等口號，希望迫使政府撤回這項政策。他們還發起了一項公投連署，希望能透過民主程序終止基本收入計畫，短短幾週內就收集到了上百萬份簽名。

直到某天，一位匿名網路駭客不知道從哪裡竊取來那些反對 UBI 政策團體核心幹部們個資，並且在網路全面公開這些人的收入來源，所有看過資料的人驚駭地發現，這些反對者多數為有固定收入的房東，不僅擁有多間房產，還依靠租金獲取穩定的被動收入，甚至其中一些人還領取政府提供的退休金或企業補助，根本不需要為生計發愁。

資訊曝光後，社群媒體瞬間炸鍋，許多支持全民基本收入的網友憤怒地發文批評「原來他們反對 UBI，是怕沒有人租他們的房子？」、「這根本是既得利益者在維護自己的財富，而不是為國家未來操心！」、「反對領錢是工作，自己領錢是生活。」

這也使得這些原本支持他們的群眾逐漸散去，最後只剩下少數幾個非常堅定意志的反對者。最終，就跟那些每天出現又消失的新聞一樣，在立院拍版定案後，這些反對者的聲音身影，幾乎消失在資訊洪流之中。

所以 Amy 負責要跟這些 UBI 反對者進行訪談嗎？

這個政策早已定案了，現在應該沒什麼人想看相關報導了吧，頂多等正式實施後再衝一波討論大概就結束了，為什麼要做那麼吃力又不討好的報導呢？

老鄧大概是看出舒婷臉上的困惑表情，他揮揮手解釋說：「這是人情啊、人情。」

「什麼人情不人情？」

「這個鄭鑫跟上頭老闆認識。好像是什麼老師之類的吧，反正也當作練新人。那個留美的新人好像也躍躍欲試，辦公室都沒人要接，但她聽到馬上就提說想負責這次採訪。現在年輕人還真熱血啊，但我想也就幾個月而已。」

舒婷知道老鄧話中的涵義，其實她也知道，當 Amy 確定到職時，辦公室所有人第一件事就是打賭她什麼時候提離職。沒有人認為這個頂著高學歷，外貌亮麗的年輕新人，會待在這間小小的網路媒體公司。

「反正我看她態度挺積極的，你就當作去放風，順便指點她一下，你剛進來時不是也想跑外訪嗎？」

舒婷聽著老鄧的話，沒有立刻回應，只是淡淡地笑了笑。她當然記得自己剛進公司的時候，曾經滿懷熱血地想衝現場、跑外訪，覺得自己能在這個圈子裡闖出一片天。只是時間久了，她不再對任何東西有期待——這裡不是新聞學院，沒有所謂的理想，只有無止盡的流量壓力和寫不完的即時新聞。

舒婷走回位置上，才剛坐下，Amy 笑咪咪地從她身後冒出來。

「婷姐，主管跟你說了什麼？」

「這次的約訪，老鄧要我跟你一起去。」舒婷雙眼直直盯著螢幕，她打開搜尋頁面，開始找尋所有關於這些 UBI 反對團體過往的新聞資料。

2

因為舒婷算是臨時來支援的，所以事前的約訪相關準備Amy都處理好了，她只要前一天從公司拿出相關器材——筆電、相機跟錄音筆，就連攝影都不用，這個採訪對她來說簡直是在休息，她甚至懷疑Amy其實一個人就可以完成這個任務，她被叫來的主要目的，就只是公司不放心讓新人單獨出去，找個人來看看狀況而已。

不過舒婷還是整理了一份受訪者的資料。

身為反UBI政策團體的重要人物，鄭鑫是T大大傳系教授。他出生於書香世家，從舒婷所查到的資料看來，他的家庭成員從祖父母輩開始，不是在學校教書，就是在公家機關擔任要職。鄭鑫從小應該就是那種前段學校的學生，一路從第一學府畢業後出國留學念碩士博士，回來就透過指導教授介紹，進到T大擔任教職直到退休。退休後他又轉任到C大擔任客座教授多年，他的妻子與兩個兒子則是都在美國。根據舒婷的想像，他應該是那種母親帶著小孩到國外，讓孩子當小留學生，父親一人在台灣工作並定期寄錢到國外，孩子在美國接受教育，畢業也就成為了所謂的在美華人。

某種很典型的家庭生活嘛。舒婷看著資料心想，鄭鑫大概就是那種在這裡生活明明很不錯，但總是罵著自己國家不好，想盡辦法到國外，但到了國外發現自己無以謀生，所以就把兒女留在國外自己回國工作，然後定期寄錢到國外，是典型的右派知識份子。

根據舒婷的認知，這樣的教授雖然平常會在學生或是周遭朋友前，高談闊論各種政治情勢跟想法，但基本上不太會實際參與政治行動，像鄭鑫這樣的老教授，算是比較少數積極行動的，他甚至是反 UBI 團體的核心幹部，在政策懸而未定，反對聲浪聲勢強大時，他時常代表團體上節目接受訪問，大力抨擊政策，直到政策底定、團體式微後，他仍不定期在網路上發表反對言論。

看來他對這項政策真的是反對到底，就算已經沒人理，他還是想盡辦法一直發表言論。

「受訪者說，他握有可以讓這個政策停擺的關鍵文件，那文件記載了高層跟一些財團進行了不可告人的交易。」Amy 打開她與鄭鑫約定受訪時間的對話紀錄，並說道：「我想這次採訪會很有話題性。」

「我想那一定是行政公文之類的，受訪者過度解讀，這我們在媒體界超常見的，一堆人常常會覺得拿到什麼特殊的東西，但其實都差不多。」舒婷不以為然地表示。

被潑冷水的 Amy 似乎不以為意，她仍用非常熱烈的口吻繼續講述下去。「也許採訪完後，我還可以透過那些文件，寫一個深度的報導。」

「都已經底定的東西沒甚麼好探討的。」

「要是真的這個文件公布導致政策翻盤呢？」

「哪有這麼簡單的事情！一紙文件就能改變什麼，這樣的話也太不可思議了。」

舒婷失笑道，覺得年輕人實在有夠天真的。

「但……這個政策本來就很不可思議啊。」Amy 反而用非常驚嘆的口吻回覆說：

「每個月花錢耶，我每次看到相關報導都在想，這怎麼做得到？」

「等年底後，政府每個月就得做到了。」

「感覺婷姐好像對這個政策沒有感覺。」

「是這樣沒錯。」舒婷點頭。

「所以婷姐你完全不覺得財富自由了嗎？」

「自由個頭，你自己不會算數學喔，才一萬出頭，繳個稅又全都吐回去了。」

「既然這樣，為什麼受訪者會那麼討厭這項政策？」

「待會兒你可以問他。」

舒婷開日產二手車載著 Amy 依約前往鄭鑫位於內湖的房子。一般來說，採訪都是在咖啡廳或是一些公共場所進行。但 Amy 說鄭鑫近幾年身體比較不好，行動有些不便，導致他不喜歡到人多吵雜的地方，又加上過去他們反UBI團體遭駭客公布個資，甚至像是連自己家人都難以啟齒的事情都遭公開，無論是收賄還是外遇，當時社群還為此沸沸揚揚討論一陣子。像是鄭鑫還被揭露在教書期間曾與在學的女學生有過於密切的往來。舒婷覺得當時那位駭客其實是過於激進，就算與對方的立場相異，這麼做也不太厚道。

舒婷依照衛星導航的指示，駛進了一處靜謐小社區。

「台北市居然有那麼漂亮的地方！我來台北後從來不知道台北能有獨棟獨戶的房子。」

「咦？我以為你是台北人呢？妳這個樣子，就像是土生土長北部人。」

「我是桃園人啦，而且我是工作才來到台北的。」Amy笑出聲，然後反問道：「那姐是哪裡人？」

「高雄，高雄大寮那區。」

「所以姐是所謂的北漂青年囉。」

「北漂啊，這個詞已經好老囉，沒想到你還知道。」

「一直都有這種說法不是嗎？」

「現在幾乎所有人都在北部工作，都一樣啦，哪有什麼漂不漂，反倒是在家鄉的比較少，甚至有些都直接待在國外不回來。」

「姐是在問我為什麼沒留在國外嗎？」Amy笑著回答：「我覺得自己的國家很好啊，尤其到國外後才知道台灣的好。」

面對Amy看似坦然卻似乎什麼都沒講的回覆，舒婷也只能接受了。

舒婷在巷口找了一個位置停車後，就和Amy用步行的方式走到了鄭鑫家前，她按下電鈴，聽見屋子裡傳來尖銳的鳥鳴，接下來隱約聽見了像是罵人的聲音。兩分鐘後，大門打開，在她們面前的是個看起來相當年輕的女生，舒婷覺得她的年紀應該比Amy還要小，鵝蛋臉、柳葉眉，身材嬌小，看起來不太像是台灣人。

「您好，我們是鋒新聞的記者，今天跟鄭鑫老師有約。」

「鄭先生的客人嗎？請進。」年輕女生說話帶著明顯的口音，舒婷想她應該是鄭鑫聘的越南籍看護。這幾年因為少子化，使勞動人口減少，導致許多基礎工作找不到人，因此許多業主引進了外籍勞工，這些人做著現在台灣當地人不願意做的勞動，像是工地工人、工廠生產線員工、醫院看護等等。舒婷心想，這樣的勞工以後只會繼續增加吧。

鄭鑫的生活環境看起來十分優渥，屋內有非常多的古董，整體布置得古色古香。地板看起來是檜木製的，散發濃厚的木頭味，走廊牆上掛著一幅水墨畫，落款是某位知名畫家的名字。

就在舒婷正聽著 Amy 驚呼原來當教授可以那麼有錢時，走廊的另一頭出現飆罵的聲音。

女看護見狀立即要她們止步。

「怎麼了嗎？」

「沒什麼事，就只是鄭先生的兒子這幾天都過來跟鄭先生討論一些事情，但鄭先生似乎不太開心，請你們在這邊稍等一下喔。」

「這叫似乎不太開心？」舒婷喃喃自語，她頓時覺得這次的訪談，可能不會如事前想得那麼順利了。

此時 Amy 盯著手機，看起來正在確認待會兒要訪談的題目，她似乎沒有被剛才的狀況影響，以新人來講她非常地穩定，這點讓舒婷內心加了不少分。她想到老鄧跟她信誓旦旦掛保證，Amy 一定待不久，很快就會跳槽到其他地方，心底感到有一點遺憾。雖然她也認為，Amy 對他們這間小媒體公司來說，根本是大佛關小廟，她只要進大公司，不出幾年應該就可以坐上主播台，有 Amy 那種外表的女生，大多都是夢想著當光鮮亮麗的主播，而不是每天盯著電腦螢幕寫稿。

不過想到寫稿，下午進辦公室後，就要開始想一些能蹭熱度的新聞了，不知道今天早上有什麼重大事件。就在舒婷準備要打開新聞 APP 時，望見從鄭鑫待的房間出來的人，她愣了一下，壓根沒想到會在這裡遇到他。

「鄭聲宇？」

「是舒婷？」

「你不是在美國嗎？」

「喔，我剛好有事回來。」

「這麼巧，我跟同事剛好今天來這邊作專訪。」

「是這樣啊……真的沒想到……」聲宇說：「那麼妳們可能要等等了，他剛發完脾氣，通常都要去外頭院子抽幾根菸，等氣消了再回到書房。」

舒婷尷尬地笑了笑，「剛剛你跟你父親吵得挺激烈的，他感覺一定很生氣。」

「是啊，氣瘋了。」

居然在這種狀況下碰到面。此刻舒婷的內心響起劇烈哀號，但她必須鎮定地跟她大學時候的「男友」好好地再說上話，且老實說，他們也不是不歡而散，就只是大學畢業後，鄭聲宇決定到美國念書，家境普通的舒婷必須進入職場就職，所以雙方決定分手，過程也非常和平。可是就算如此，在工作上忽然遇到前男友，這場面也太八點檔了。

舒婷瞥了一眼旁邊的 Amy，接著把她拉過來趕緊說道：「這是 Amy，是我帶的新人，負責這次的專訪，我今天就是來負責教她的。」

「您好，很高興能夠訪問你父親。」Amy 露出專業的笑容，「鄭教授對於基本收入這塊非常有研究，並且有獨特的觀點，我們想要更深入理解他的看法。」

「是關於年底那個法案通過的事情吧，都已經通過了，為什麼還要問呢？」

「就算是已經底定的東西，還是很值得探討。我也很好奇，您是怎麼看待您父親的立場的。」

「不愧是舒婷帶的人，居然馬上就進行採訪。」

「當然，我們可是專業的採訪記者呢，這可是基本的。」就算原本沒這個意思，舒婷仍帶著自信替 Amy 回答。

「必須說，我沒有完全贊同這項政策。」

「所以你跟鄭教授的立場相似，認為這項政策會導致集體怠惰，拖累整個國家發展？」

「不不，正好相反。我認為政府不應該讓所有人都拿錢，他應該把發錢這件事情換成其他形式的補助，像是學費或者是生育之類的。雖然我知道政府一直有在這塊努力，但其實可以再加碼，不是開這種花錢的政策，把錢給根本不需要的人。」聲宇臉色一沉，補上這麼一句，「像是我父親，有這筆錢根本對他沒差，但他就是看不慣其他人拿錢，所以說，發給他有助於促進國家發展嗎？感覺只是造成更多問題。」

「但是啊，普發的意義就在於，不分族群立場，只要身為台灣公民，就有資格領。這就像是一種社會保險，只是它是屬於整個國民的。」

「有些人可能沒資格被稱作國民。」聲宇聳聳肩，Amy 則皺起眉頭。他們倆人沉默了幾秒，接著聲宇笑出聲音，「啊，結果我是不是比鄭教授更偏激啊。」

舒婷接口說：「我反而很驚訝你對這件事有看法呢！你以前可是所謂不管政治的理科學生。」

「你這句話可充滿偏見啊，小婷。」聲宇竟叫出大學時對舒婷的暱稱，「不過說實在的，我的確已經快沒資格評論這些了，我回台灣其實是來處理行政手續的，我打算歸化美國。」

「你要放棄台灣國籍？」

「對啊，反正我都在國外，回來也麻煩。我想說跟我父親知會一聲，沒想到他竟然那麼生氣，明明每天埋怨自己國家多不好，結果一聽到兒子要當美國人，竟然氣到摔東西。有時候我還真搞不清楚，那一輩的人到底在想什麼。」

聲宇要繼續說下去的時候，看護從房裡走了出來，手上拿了一袋垃圾，裡頭應該是摔碎的花瓶。

「鄭先生說進來吧。」

聲宇趕緊打住，說：「我就不打擾你們工作了。」

「感謝你提供不同的觀點。」Amy 也用非常拘謹的方式，結束了這個話題。

兩人進到房間，映入眼簾的是一座高至天花板的書櫃，書籍層層堆疊，幾乎擠滿了整面牆。書脊上布滿歲月的痕跡，有些紙張微微泛黃，散發出淡淡的陳舊氣息，顯然這些書並非單純的擺設，而是經過長年翻閱與研究的痕跡。書櫃旁立著一架老舊卻穩固的木製取書梯，邊緣的木紋已被磨得光滑，顯示它被頻繁使用。

房內的桌上，除了幾本攤開的書籍，還擺放著數量多到數不清的硯台與毛筆，墨痕未乾，似乎剛有人使用過。這裡不只是書房，更像是一處長年浸淫於學問與書法的隱居之地，透露出鄭鑫對學術與傳統文化的熱愛。

就如同 Amy 事先跟舒婷說的，鄭鑫的確行動不便，他穿著西裝坐在一個古董雕花椅上，椅子旁放著一根看起來昂貴的拐杖；他的嘴角有點歪斜，應該是中風造成的後遺症。舒婷嗅到鄭鑫的身上有非常濃的菸味，看來是個老菸槍。

「鄭教授，打擾了。」Amy 走上前去，向對方遞上名片。

鄭鑫沒接，僅點了點頭。

舒婷看著 Amy 收回名片，心想這人比她想像中還要冷淡。

「感謝您今天願意接受訪談，那麼在採訪前，我們這邊先說明一下採訪大致的流程。我們會依照之前寄給您的訪綱內容進行詢問，時間大約一小時，然後雖然是以文章為主，但我們在採訪時仍會進行錄音。但不用擔心，所有錄音是為了記錄，絕對不會公開，之後寫好的文章也會寄一份給您過目，確定可以我們才會刊登。」收起名片的 Amy 瞬間進入工作模式，專業地解說採訪流程。

「開始吧。」他低沉地說，沒有任何寒暄，直接進入主題。

Amy 迅速掏出錄音筆，她按下錄音鍵，接著滿懷期待地開口：「鄭教授，您長期反對 UBI 政策，即使在政策底定後，仍然持續發聲，請問您認為這項政策的核心問題是什麼？」

鄭鑫看了她一眼，嘴角微微抽動，似乎對這個問題感到無奈。「核心問題？」他冷笑了一聲，「核心問題就是——這根本是一場騙局。」

舒婷挑眉，這種發言比她預期的還要直接。

「可不可以請您具體說明？」

「你們年輕人啊，總是天真地相信政府會無條件地給你們錢，卻不問這筆錢到底從哪裡來，最後誰要買單。」鄭鑫的語氣充滿嘲諷，「你們以為這筆錢是天上掉下來的嗎？不，這些錢來自於稅收，來自於通貨膨脹，來自於國家的財政赤字。換句話說，政府今天給你們錢，明天就會從別的地方加倍拿走。」他瞥了 Amy 一眼，「年輕人只會看眼前的利益，也不想想這背後有多龐大的陰謀。」

「所以您的意思是……這項政策的真正目的是讓財團受益？」

「沒錯，哪有那麼簡單拿錢的事情！」鄭鑫眼底閃爍光芒，彷彿他是唯一知情的人，而其他人都是混蛋的樣子。「我這邊有一份內部會議紀錄，詳細記載了政府高層如何與企業財團談判，如何計算發放金額，如何確保這筆錢最終會回到某些人的口袋裡。」

Amy臉上的笑容微微收斂，但她依然保持鎮定。「那麼教授，您之前曾在信件中提到，您手上有可以讓這項政策停擺的關鍵文件，能否透露這份文件的內容？」

「阿麗，你把我書架最上方的那個藍色文件本拿下來。」

鄭鑫看起來有些行動不便。舒婷同時注意到，原來年輕看護一直都站在旁邊，後者依照指示，拿來角落的取書凳，爬上去從架上取下藍色的文件本。

然而加上取書凳的高度，依照阿麗身高要拿到書仍十分吃力，得踮腳尖才能勉強勾到資料夾的邊邊，因此在拿資料夾的時候，阿麗不小心將資料夾從高處滑落，部分文件灑出來，散落地板。

「怎麼笨手笨腳的！」

阿麗立刻低下身，將掉出來的文件趕緊塞回資料夾內。

「你再這樣掉東掉西，小心我扣你薪水！」

「很抱歉。」

「現在這些外勞真的是喔，有夠不細心的，連個東西都拿不好，我還不是看你名校生才用你，沒想到還是一樣笨……」

Amy跟舒婷隨即趕緊蹲下來幫忙撿，在撿好後，鄭鑫不耐煩地命令阿麗去倒水，並還不忘補一句：「別給我把杯子也都打破了！」

在阿麗離去前，她將資料夾遞給舒婷，同時鄭鑫開口解釋道：「這是一份內部會議紀錄，詳細記載了政府高層如何與企業財團談判，如何計算發放金額，如何確保這筆錢最終回到某些人的口袋裡。」

舒婷翻閱資料夾，資料夾中是一些公家機關的會議紀錄，當中確實有關於政策討論的細節，以及聘請學者們來討論關於相關政策的內容。沒想到，政府單位的這些資料竟外流到非相關人士手中。

但她認為文件並無鄭鑫說的具爆炸性。隨後她遞給Amy，後者隨即迅速翻頁，從臉上的表情來看，她似乎也覺得這些文件並沒有太多震撼的地方。

舒婷不禁詢問：「教授，這份紀錄雖然詳實，但它能證明政府與財團間的交易是不可告人的嗎？還是說，這只是一般的經濟政策協商？」

鄭鑫眼神一沉，像是沒想到她會這樣問，再度開口時，他語氣變得嚴厲。「你是記者，還是政府的代言人？」

「我們只是希望能確保報導中的資訊足夠嚴謹且具有說服力，還請您見諒。」

「這還不是所有的資料。」鄭鑫露出一副「我還有更多內幕」的表情。「我這邊還有很多政府跟其他民間公司開會的資料，甚至我這邊還有證據可以證明，政府跟一群號稱『資訊正義』的駭客有勾結，那些駭客在暗地裡從政府那邊竊取我們這些反對者的個資，並藉此要脅我們，逼我們噤聲。」

舒婷知道他是指當時有匿名人在網路上公布了這些反對者個人私生活以及收入來源等事件，且造成了一陣恐慌，但她還是裝作十分困惑的樣子。

「您是說，政府將你們的資訊給駭客嗎？」

「沒錯，政府表面上說會依法追查，但其實那是政府裡面有人偷偷給他們的，事後還給我宣稱找不到人！我這幾年努力追查，我終於從公務員手上拿到通訊紀錄，只要等時機成熟，我就會交給記者。到時候讓所有人知道，這根本是場迫害，什麼公平，根本是迫害。」

雖然鄭鑫講得信誓旦旦，但他似乎沒打算給她們看他口中說的資料，舒婷忍不住問：「所以您打算把這些資料給我們新聞台播報嗎？」

「不不，我今天是要來告訴大家，政府推行的政策是多不可信，等之後有更多人注意時，我才要把這件事情公諸於世。」

「只要我感覺煩躁，菸癮就給我犯。妳，去幫我叫阿麗來，讓我去戶外院子單獨抽根菸。」

哪有受訪者這麼討人厭，完全不顧周遭人。舒婷心裡暗自抱怨，但還是趕緊找到阿麗，請她推鄭鑫到院子抽菸。

鄭鑫抽菸的期間，阿麗、舒婷與Amy三人待在書房內，這時Amy發揮了閒聊的所長，詢問道：「剛剛聽鄭鑫說妳是大學生，想問妳是哪間大學的啊？」

「我是印度尼西亞大學語文系的。」

「哇，那不是印尼第一學府嗎？」Amy眼睛一亮，像是真的很感興趣，「妳怎麼會想來台灣工作，而且還做……這種看護的工作？」

阿麗有點靦腆地笑笑：「我們國內不好找工作啊。」

「所以我就來台灣念研究所，想說可以同時工作賺錢。」

「妳讀哪個研究所？」舒婷也加入詢問。

「文化大學華語文教學研究所。」

「啊，我知道那個，聽說很操欸。」Amy皺起眉頭，「妳還要照顧鄭教授，怎麼有時間念書？」

「還好啦，我有排課表，白天主要在家裡幫忙，晚上才上課。其實鄭先生還不錯啦，沒太為難我。」

「可我覺得……這樣也太操了吧，念書就好好的念書啊，怎麼還要當看護？薪水應該也不多吧？」

阿麗抿了一下嘴唇，似乎有點猶豫才說：「嗯，包吃包住，有時候還算方便啦。」

「妳家裡知道妳在做這個嗎？」

「知道啊，不然學費怎麼辦？」

舒婷想起因少子化，學校開始朝所謂的「南進合作」，也就是開放東南亞的學生來台唸書以及實習，美其名是國際交流，但其實常常是利用這些學生填補不足的勞動。

「妳不覺得這樣在虧待你們嗎？明明是來念書，感覺妳都不在學校，都在工作。」

「我知道啊。但我又能怎麼辦？回去也沒比較好。」阿麗笑得有點無奈。

Amy 皺著眉頭，似乎越想越不爽：「這樣不行吧……這邊的老師不會管嗎？」

「老師有些人知道，有些人不知道。不過反正我也不想太高調，就安靜過完兩年畢業就好。」

「以妳的學歷和能力，應該可以做更好的工作吧。」

阿麗微笑沒回答。

Amy不死心地說：「你們在台灣的薪水比台灣平均低很多。」

阿麗抬頭看了她一眼，仍舊帶著禮貌的笑意：「不過也比家鄉好多了。」

「可是妳明明是大學生耶，還讀研究所，來到台灣還是做低薪工作。」

「我倒沒那麼想啦。」阿麗攤了攤手，像是在說一件無關痛癢的事，「至少現在有收入。繳不出學費的話，我就不能繼續念了，錢很重要。」

「是啊，很重要。」舒婷想起自己大學時也是半工半讀，好不容易畢業後又揹了一筆學貸。「有時候如果沒辦法維持生計，什麼事情都做不了。不是每個人都有父母支持給錢念書的。」

Amy低著頭，舒婷想這個外國留學的女孩大概很難想像其他人的經濟壓力吧。又過了五分鐘，阿麗表示，她去確認一下鄭鑫是否願意回來了，因此剩舒婷和Amy兩人。

「真的好扯……她這樣念書根本是在當苦工。」

「大概就是這樣吧。很多外籍生來台灣念書，其實就是打工仔，白天上課，晚上工作。像阿麗這樣同時做看護，根本是全天候勞動，還被當便宜人力。」

「她明明就很聰明啊，語言又好，肯定能找更好的工作吧？」

「妳以為找得到？」舒婷苦笑，「如果有條件，誰願意做這種二十四小時待命的工作。問題是身份、法規、學費、生活費……他們根本沒得選。」

Amy 咬著嘴唇，低聲說：「這不就是剝削嗎？」

「我們社會很多地方都這樣啊。」舒婷嘆了口氣，「不是只針對外籍生，底層勞工也是，換個膚色、換個身份，待遇都不同。」

「妳不生氣嗎？還是妳已經看習慣了？」

「我也會生氣啊，只是……光生氣又能怎樣呢？我當記者這麼多年，看過太多這種事，寫過的報導一篇又一篇，社會也沒有什麼改變。」

Amy 抿著嘴沒說話，過了幾秒才小聲地說：「還是覺得很不甘心。」

此時阿麗推著鄭鑫回來，可能是尼古丁有安撫受訪者脾氣的效果，接下來的訪談就順利多了，Amy 依照訪綱內容進行問答，基本上都是一些安全的題目，足以寫成一篇四平八穩的文章。

鄭鑫雖然口氣充滿不屑，但基本上他並沒有任何脫序的回答，他談論著對這個政策的質疑，從經濟以及社會運作層面，甚至舉出社會勞動力不足的問題，年輕人不願意做辛苦但重要的工作，導致生產力不夠，最終社會無法進步之類的。鄭鑫認為，社會就像個機械，每個人都必須擔任裡面的齒輪，大家奉獻出自己的時間勞力，創造價值，這樣才能推動機器運作。以宏觀長遠的角度來看，基本收入會讓齒輪消失，最終機器停擺。舒婷承認鄭鑫所講的內容，但反過來想，誰又希望只當個機械齒輪呢？

在題目問得差不多，舒婷覺得準備要結束的時候。Amy露出沉思的表情，她看起來在掙扎要不要說什麼。幾秒後，她吁了一口氣，然後眼神一凜，下了決心。

「鄭教授，我想再詢問您一個問題。」Amy深呼吸，像是在平定自己的心情，接著問：「在許多國家，學術研究雖然不直接創造經濟價值，卻仍被視為生產力的一部分，並獲得資源支持。然而，當提到全民基本收入時，卻有人擔憂領取者缺乏生產力，可能引發社會動盪。您認為這是否是一種雙重標準？其背後的邏輯是什麼？」

舒婷暗自驚訝，沒想到Amy會提出如此尖銳的提問。鄭鑫也愣住了，不過他很快地恢復鎮定。

「看來妳這年輕小女孩可是做足了功課。」

「不敢當，我只是以前有修幾堂社會學相關的課程，對於社會公平部分比較好奇，想說教授應該可以回答。」

鄭鑫用平穩的語氣回答：「這不算是雙重標準，是兩種不同的社會機制。學術研究雖然不直接創造經濟價值，但它推動科技與知識的進步，長期來看能為社會帶來回報。全民基本收入則是直接提供資源給所有人，無論他們是否參與生產。這兩者的本質不同，一個是投資未來，一個則是立即的財務補助。更重要的是，學術界有嚴格的審查機制，資金分配是基於專業評估，確保研究的價值與產出。全民基本收入則是普遍發放，沒有對個人貢獻的評估機制。這可能會影響勞動市場，削弱部分人的工作意願，進而對整體社會穩定帶來風險。因此，這不是單純的公平問題，是社會運作模式的考量。」

「我會把這個觀點寫進採訪裡的。」Amy 點了點頭，舒婷感覺她似乎不太滿意這個回答，但基於禮貌，還是接受了。

在採訪結束後，阿麗帶著舒婷與 Amy 離開，在抵達門口前，舒婷看見 Amy 遞了一張名片給阿麗，並說：「要是有什麼想說，可以跟我聯絡。」阿麗微笑收下名片。

離開鄭鑫的房子時，天空開始飄雨，兩人快步往車子的方向走。抵達停車的小巷後，舒婷按了一下開鎖，在打開車門時，轉頭跟 Amy 說：「真沒想到妳會問這麼挑釁的提問。」

「我是真的很好奇。」

「但我認為在受訪時，這種突如其來的問題還是盡量避免比較好。」

「這就是我想聽的部分啊。」

「要是這是深度報導，這樣的確很適合，可是啊，這次只算是個人情採訪，妳這樣子做，可能鄭教授之後會打電話去跟我們老闆抱怨，之後妳可能會有麻煩。」

「婷姐是在擔心我嗎？」

「這是身為前輩的勸告！我知道妳剛進這行很熱情，很想寫好文章，但要知道，不是每個記者都像影集裡那樣打破沙鍋問到底，我們應該要分清楚人情跟真的要寫好文章的差異。不過話說回來，妳剛剛的表情……有點不滿意吧？」

「嗯……我只是覺得，他提到學術研究有審查機制，而全民基本收入是普發，沒有對個人貢獻的評估……但這種評估的標準到底是誰決定的呢？是不是某些群體天生就更容易獲得資源，另一些人則被視為不值得投資？」

「或許吧，但這類問題很難有標準答案。畢竟社會資源的分配從來都不是單純的數學計算，而是涉及權力、歷史，甚至偏見。」

就在這時，Amy 發出一聲驚呼，面露慌張。

「我忘記拿錄音筆了！」

「那妳趕緊回去拿，我在這邊等妳。」
「不用不用，我知道婷姐要趕緊回辦公室上班，我回去拿完後自己搭計程車回去。」
「妳確定？不用我等？」
「嗯，我很快就回去了。」
「妳有帶傘嗎？感覺等會兒會下雨。」舒婷順手將車內的折傘遞給Amy。舒婷心想，也許Amy想趁機喘口氣，在經過這一個早上訪談，也需要稍微休息一下，因此她發動車子，關上車門。「待會要記得吃午餐。」
「婷姐等等有需要我替妳買下午茶嗎？」
「哎呀，妳那麼快就學會這招了。」舒婷故意壞笑：「不用啦，拿完東西後就回來辦公室吧。」
「聽說這附近有一家很好吃的蛋糕店，咖啡也很好喝，我每次都看妳喝罐裝的，也該喝點好的。」
「不用那麼麻煩啦，妳早點回來忙就好，我還有一堆稿子要寫。」
「喔，好吧，那就期待以後有機會跟婷姐下午茶。」

Amy離開後，舒婷發動車子引擎，她皺了皺眉，手指輕敲方向盤，這才想起剛才訪談結束後，她的注意力全放在Amy的問題與鄭鑫的回應上，竟然忘了和鄭聲宇道別。雖然只是個小細節，但她這可能是最後一次跟他談話吧，居然用那麼草率的方式落幕，感覺還有點令人感傷。

「算了，反正早就分了那麼久了。」她輕嘆一口氣，看著窗外變厚的雲層，心想應該隨意買個東西回去辦公室，簡單吃一吃就好了。

3

就算要舒婷拿出農場文的氣勢唬爛一個能夠騙點閱率的故事，大概也無法講出她所遇到的事情。或者是說，要是她說了，她會覺得自己有違紀者的尊嚴，比較像是個三流的犯罪作家。然而，事情就是這樣被她給遇到了。

Amy竟成為了謀殺鄭鑫的嫌疑犯。

是鄭鑫的看護阿麗發現屍體的。

當時阿麗說被要求去準備午餐，所以先離開宅邸，買些東西，後回來廚房忙，東西煮好端去書房，就看到鄭鑫倒臥在地上，Amy也已經不在現場。

舒婷覺得實在是太扯了。

就在這時舒婷接到鄭聲宇打電話進公司，指名要找她，她只能硬著頭皮接電話。

「找我有什麼事？」

「我們可以約個地方碰面嗎？」

聲宇聲音聽起來很平靜，但這反而讓舒婷不知道該怎麼回應，她只好冷冷地回應道：「我不是跑社會線的，我可以轉給負責的記者，讓你以受害者家屬的身分說話。」

「我其實不打算接受採訪。」

「那你打來我們公司做什麼，打給媒體不是就是有訴求想說嗎？」

「我是想問，當初我父親在接受訪問時，有拿什麼東西出來給妳們看嗎？」

「沒有，我們就是按照訪綱對答。」

電話一頭的聲宇沉默了幾秒，接著說：「有東西不見了。」

「你是指控我們家的人是小偷嗎？」舒婷忿忿表示：「要知道，現在就只是疑似涉嫌正在隔離偵訊，不要一口咬定是她做的。」

「我知道妳現在心情很差，但這件事情我也只能跟妳確認了。」聲宇說：「我父親幾乎都待在書房裡，這段期間來家裡拜訪的客人也只有妳們兩位記者，我怎麼想就真的只能問妳了。」

舒婷聽他這麼說，冷笑了一下，但又硬是把那股火壓了下去，畢竟現在不是吵架的時候。她語氣放緩，但仍帶著專業又防備的距離感：「聲宇，我知道你現在家裡發生這種事，心情一定也不好，我可以理解。但你說書房有東西不見了……我真的什麼都不知道。」

「剩下的事情可否碰面再解釋吧？」

「好吧，我給你我的 LINE，你就把方便的時間跟地點傳給我。」

一掛電話後，舒婷的手機立刻響起提醒，她拿起來看，發現聲宇希望能夠下午就能碰面。舒婷不禁嘆氣，因為她知道無論是以個人還是新聞價值來看，自己都無法拒絕這個會面。

4

在回覆聲宇後，舒婷便進辦公室跟老鄧告假，然後前往聲宇約定的地點。

聲宇約她在鄭鑫宅邸旁的一間咖啡廳碰面，舒婷覺得他居然約距離案發地點那麼近的地方，某方面來說非常地不安全，這不是指兇手會在附近，而是通常在這種重大社會案件附近，各家新聞台的記者都很有可能在附近潛伏，找尋合適的新聞材料。雖然距離案發時間已經過了數天，但還是有可能遇到同業的，甚至在談話時被偷聽，成為新聞素材。

舒婷點了三明治跟咖啡，邊吃邊想待會要怎麼應對聲宇，他是她的前男友，又是同事所涉及的凶殺案的被害者家屬，這關係實在有點複雜。不過現在不是糾結的時候，舒婷其實不認為Amy殺死鄭鑫，怎麼想都不可能，未來一片光明的年輕女生，幹嘛要置已經沒聲量的老人於死地，這其中一定有誤會。但她也想不透，為何要騙她說要回去拿錄音筆。

所以她必須弄清楚Amy回去後跟鄭鑫講了些什麼。

聲宇抵達時，舒婷注意到對方亂糟糟的頭髮跟有點皺的衣服，依照過去她認識的聲宇，他除非心情很差，否則絕對不會忘記打理外表。

「等很久了嗎？」他問。

「剛好來吃午餐。」舒婷舉起手上半涼的咖啡。

聲宇坐下後立刻開口說：「那天，我聽到妳們離開後不久，妳帶的那名同事又回來找我父親，之後我聽到他們開始吵架。然後大概過了一段時間，吵架聲結束，我想說應該沒什麼事情了，只是在這之後，我就聽到阿麗的尖叫聲從我父親的房間裡傳來……」

「吵架？」舒婷有點難以相信，她從來沒看過Amy有任何脾氣，她進辦公室後，就一直保持著甜美到不行的笑容跟聲音，甚至讓一些同事覺得Amy有些假掰，當然舒婷一開始也是有這麼覺得，但實際相處後，舒婷覺得，Amy的確是懂得察言觀色，但她是真心想跟人好好相處，不會輕易跟人起衝突。因此她清清喉嚨，冷冷地回應：「你找我來，不會就是為了爆這種料吧？」

「我總覺得……就像我剛剛在電話裡說的，妳同事正在找某些東西，他們就是為了那東西吵架。」

舒婷聽到這裡，整個人頓住，手中的咖啡勺輕敲杯壁，發出清脆的聲響。「找警察不就好，怎麼會先想到打給我？該不會覺得我們跑新聞的，順便還兼做失物招領吧？還是你真的覺得是我們家Amy偷東西。我就實話說了，除非是那種能賣幾百萬、幾千萬的機密，不然她才不會傻到去動。」

說完這句，她不動聲色地觀察聲宇的反應，準備順勢追問：「到底是什麼東西啊？方便透露一下嗎？」

「據我所知，那是一個專門接政府標案的科技公司跟政府開會的內容。裡面還包含了一個受雇於該公司的組織，他們專門竊取個人隱私，然後將個資交給媒體或是其他利益團體，藉此達到目的。」

「哇，這聽起來可真是黑到發光耶，連劇本都不敢這樣寫。那你知道那文件長什麼樣子嗎？」

聲宇點頭，「我父親拿給我看過一次，我很有印象，是橘色的資料夾，上頭被貼著寫有『重要文件』的標籤。」

「所以，總結一下，鄭鑫教授手上的資料，是某家專門接政府標案的科技公司，跟政府高層開會的紀錄？還外加一個受雇於他們的秘密組織，專門偷個資再賣給媒體跟利益團體？」

「差不多就是這樣。我父親認為，這些資料裡有一些操作紀錄，能證明某些新聞爆料案背後，都是這群人操控的。」

「所以你懷疑……Amy可能跟那個組織有關？」舒婷盯著聲宇，反問：「但反過來說，你怎麼會知道有這份資料存在？還知道內容？你跟你爸關係那麼差，應該不太可能知道內容。這點我希望你給我合理的解釋。」

聲宇聞言沒有立刻回話，只是低頭攪動著杯裡的咖啡，過了好一會才慢慢開口，語氣聽起來像是思考過後刻意挑選過的字眼。

「我也不是全部都知道，」他抬起眼看向舒婷，眼神淡淡的，又像帶著一點防備，「只是我曾經……把他跟他那些反 UBI 團體成員們的聯絡方式、還有一些會議資料丟給了某些朋友。這些朋友……就沿著資訊找到所有人的隱私資料，然後公布在社群上。」

「駭客？」

「他們有時候會查資料、揭弊，算是這方面比較厲害的人。」

「那為什麼你要這份資料，聽起來你跟這些資料一點關係都沒有。」

「這次我回來時父親跟我說，那份資料裡面有我的名字。」

「所以你認為 Amy 偷走資料，然後轉交給我嗎？」

「我只是想弄清楚真相。我問了警方那邊，他們說，他們搜索嫌疑犯，並沒有找到任何像是從鄭鑫家裡帶過去的東西。我想說是不是……」

舒婷冷冷看著他幾秒，說：「在你眼中，記者就是這個樣子。」

「我只是想確定真相。」

「最好是。」舒婷發出冷哼，索性也不再繞圈，她喝完咖啡，站起身問：「我雖然很想要做獨家報導，但我可以跟你保證，Amy 沒有給我任何東西。你要不要再回現場看看，也許你漏掉了。」

「妳確定？」

「拜託，我又不是要進去採訪警察辦案，況且警方搜完一輪也沒找出所以然，難道不是該換我們這種無聊人來翻翻看？」

「好吧，我剛好也想再確認一次，有些地方警察可能根本沒注意。」

兩人就這樣離開了咖啡廳，穿過兩條街巷往鄭鑫宅邸方向走去。

舒婷走在聲宇旁邊，忍了一會兒終於還是忍不住開口：「你為什麼當年把那些人的隱私交出去。」

聲宇近乎敷衍地回應：「就年輕不懂事。」

「身為前女友的認知，你這個理工男不會做沒有利益的事情。」舒婷翻了個白眼。

「當初你到底為什麼要對付你父親和其他反對成員？」

「原來我在妳心中那麼理智嗎？」

「你決定去美國不就是因為你爸當時願意出錢讓你到美國，包你全部的學費和生活費。而且你認為台灣的軟體產業無望，你到國外才有機會賺更多錢，所以才決定放棄台灣全部的生活到美國。」

「是這樣沒錯。」

「所以啊，就算你跟你爸的感情嫌隙，也不太可能這樣對付他。」

舒婷覺得聲宇可能原本不打算說出來，但他大概也明白，他要是現在沒說，她也會找機會問個明白。他沉默地思索，片刻後才緩緩開口說：「喔，當時我父親要我唸完書就回台灣，但我跟他表示自己想在美國找工作。我們在電話裡頭大吵一架。之後我回台灣看他時，他跟我說要中斷我最後一年的學費，你知道美國研究所很貴，要是他停了，我就得揹非常龐大的學貸，然後還有生活費。當時我氣不過，在一個專門給華人留學生的討論區寫下自己的困難。可能發現我父親就是當時在台灣每天上節目的鄭鑫，他們就跟我聯絡，說只要我願意告訴他們反 UBI 團體相關資料，他們願意替我付那年的學費。」

「原來你賣老爸，賣得還挺值錢的。」

「我知道聽起來很糟糕……不過，那時候真的走投無路了。不是每個人都有辦法頂著幾百萬學貸活下去。」

「我不是在道德審判你啦。」她停頓了一下，低頭踢了腳邊的小石子，「你有沒有想過，這些資料一旦被丟出去，會有很多人出事？」

「想過啊，但那時候我也沒什麼選擇。經過這麼多年，我偶爾還是會想，當年要是我爸沒威脅要停掉學費，我就不會碰那些資料了。」

舒婷輕輕發出「嘖」的一聲，「哇，這個八點檔劇情真的可以寫個三季。」

「拜託妳別這樣，我已經夠煩了。」聲宇無奈地回答。

「那你現在呢？」

「我現在在一家科技公司上班，算是還不錯。最近是準備跳槽到一家新的軟體研發公司，他們專門在開發跟商業隱私控管有關的管理軟體。」

「哇，聽起來你要飛黃騰達了。」

「還好，在美國這個地方很重視專業，只要拿出能力就有公司願意聘用。」雖然聲宇說得謙虛，但語氣還是難掩驕傲。「我畢業後就到處找工作，投了一兩百家，一開始他們看你黃面孔是有點防備，但只要做久了，他們就會信賴你。你知道嗎？對方要我負責一個研發團隊，我會是那家公司第一個帶領團隊的黃面孔。」

「但你這樣子，根本已經是徹頭徹尾的美國人了。而且你這次不就打算要改身分，入籍美國了？」

聲宇尷尬地笑了，舒婷趕緊補充道：「不過我還是滿佩服你的，至少真有本事把夢做成現實，很多人嘴巴講得漂亮，最後還不是留在原地打轉。」

他們抵達鄭鑫的宅邸，看起來就跟尋常的住宅沒甚麼兩樣，警察似乎已經全撤了。

「妳確定要進去嗎？」

「都走到這了，不進去才傻吧，不過，你有鑰匙嗎？」

聲宇從口袋掏出一串鑰匙晃了晃，「遺產清點還沒開始，反正我是家屬，先用再說。」

「真不想跟你當共犯啊。」

「放心，阿麗現在也還住在裡面。」

對喔，看護阿麗。舒婷想起除了Amy和聲宇以外，她是唯一也在現場的人，也許會知道更多東西也說不定。

「阿麗不是一直都在鄭鑫旁邊嗎？也許她更清楚整個事情的經過。」

「就我所知，阿麗被叫出去了。我爸啊，脾氣一來就叫人滾出去。我猜阿麗可能做了什麼讓他更不開心，所以被趕出書房。阿麗當時有跟我說她又挨罵了，所以去廚房準備午餐，但她發現魚沒了。父親堅持每餐要吃魚，所以阿麗就趕緊去附近超市買魚回來。回來煮飯完並拿到書房，就發現我父親倒在地上。」

聲宇邊說邊帶著舒婷進屋。再進到屋內後，舒婷看見正在打掃的阿麗，阿麗也注意到他們倆，因此趕緊走過來迎接。

「鄭先生，你怎麼跑回來了？」

「我們進來看看書房，有些東西要確認。對了，妳今天不是應該去學校嗎？怎麼還在工作。」

「我想說，下午過來把一些東西整理一下……」阿麗說道：「學期初時，我有跟學校那邊申請住宿，早上收到通知，他們說有床位。這幾天我會搬過去。」

「你之前都住在這裡嗎？」

「對啊，主要是外面租屋好貴，又加上鄭先生需要就近有人照顧。剛好這裡有空房，所以我就住在這裡。」

這樣聽起來，阿麗真的幾乎都待在這裡工作，不是在念書。

舒婷繼續問：「我聽說妳當時去外頭買東西，回來後有沒有覺得屋內有異樣？像是有人闖進來之類的。」

阿麗看了舒婷一眼，接著眼神掃過聲宇，「沒有，我回到家後沒覺得有其他人闖進來。」

「那麼，我們把時間往前推一點。」舒婷問：「妳當時應該一樣是在書房吧？」

「是的。」

「妳知道鄭鑫跟Amy在吵什麼嗎？」

「嗯……我不太清楚啦，他們講話好快，而且之後我被叫出去了。」

「可不可以想一下呢？有什麼有印象的都可以說。」

阿麗抿了抿嘴，說：「鄭先生很生氣，所以他要我推他去院子抽菸。之後我就去買東西了。」

「妳買東西回來後呢？」

「我就開始整理家務、打掃。」

「家裡有任何異樣嗎？」

阿麗搖搖頭，說：「之後就開始下雨，我就到院子收衣服，老爺那整天心情都不好，吼了好幾次，我都不敢靠近書房。」

聲宇出言催促：「我們先去書房找看看吧。我想，她能想到的跟能說的都講了。」

「不好意思這樣逼妳，那我們先去忙了。要是妳想跟我說什麼再跟我講。」到了書房，舒婷望著凌亂的書房，文件散落一地。有一個黃線圍起來的地方，即是鄭鑫氣絕身亡的位置。

「警方跟我說，我父親死因是額頭受到不明物體重擊，死亡時間為下午兩點，他因為行動不便，沒有辦法逃走。」

「額頭？所以是從前方打下去？」舒婷感到疑惑：「照理來說，那樣鄭鑫絕對會反抗才對。」

「我父親行動不便，可能來不及反應。」

「雖然行動不便，但當時我覺得他的精神還不錯，要是有呼救的話，應該很快就會有人知道。老實說，這點我覺得有點詭異。」

「我猜當時阿麗剛好外出買東西了。」

「那你呢？你沒聽到嗎？」

「我之後就去附近慢跑了，到幾個小時後才回來。」

「慢跑？」

「這是在美國養成的習慣。」

「所以你回來後覺得家裡有哪裡不對勁嗎？」

「一切都很正常。」

舒婷思索著，接著她走到聲宇旁，壓低聲音問：「從 Amy 單獨回來跟鄭鑫發生爭吵到結束，鄭鑫有離開屋子嗎？」

「不可能，他已經很久沒離開自己的房子，所以事情都是阿麗負責的。」

「我記得你曾說過，你父親在煩躁時會要阿麗推他去院子獨自抽菸。那麼，阿麗就有機會去拿你說的文件夾，並且不會被發現，因為她可以保證鄭鑫這段時間不會回來書房。也因此，你想要找的資料，依然有很高的機率在屋內。」

「什麼？」聲宇露出驚訝的表情，「阿麗為什麼要拿這些資料？」

「這我就不得而知。但根據你的說法，要是 Amy 並沒有拿取資料，那東西就可能在阿麗這邊。」

聲宇聽聞後，隨即準備離開書房，舒婷阻止並說：「讓我跟她問吧。」

「不，舒婷，我不能讓妳去問阿麗。」

舒婷走近幾步，語氣依然平靜卻帶著一絲提醒：「我擔心如果你在這裡，會讓阿麗感到更多壓力。」

聲宇的眼神中充滿了不安，「如果真的如妳所說，阿麗可能已經拿了那些文件，那麼她的反應會更加激烈。妳一個人去問，可能會有危險。她可能會攻擊妳，就跟她攻擊我父親一樣。」

「我只是說她偷了文件，沒說她是兇手啊。」

「難道會是不同的人嗎？她偷了東西，然後又另一人殺死我父親？」

「必須先好好談談。」舒婷堅持，但聲宇也非常堅持。

「好吧，」舒婷說：「如果你堅持在場，那就一起來吧。不過記住，不要讓情緒影響我們的談話。」

舒婷和聲宇走向阿麗的房間，此時阿麗正在打包看起來為數不多的行李，行李箱裡有些衣服，還有研究所的講義資料，舒婷嘆氣，接著壓低聲音問：「阿麗，我可以跟你聊一下嗎？」

阿麗抬起頭，有些警戒地看了舒婷一眼，隨即點點頭。

「鄭鑫消失的文件在妳這裡吧。」

「我不太清楚耶。」

「是不是妳拿走的？」

阿麗沉默了一下，假裝沒聽懂地笑了笑。

舒婷盯著她，決定不再拐彎抹角：「剛剛我重新看了書房，感覺那份消失的文件夾，應該還在屋裡。我認為，如果有人趁鄭鑫抽菸的時候動手，應該就能神不知鬼不覺地拿走。」

聽到舒婷那麼說，阿麗臉色微微一變，「我……我不知道妳在說什麼。」

舒婷嘆了口氣，柔聲說：「阿麗，我知道妳很辛苦，念書、打工、照顧老人，還要應付學業。可是這件事已經鬧到人命了，警方很快就會查到的。說實話吧，至少讓無辜的人不用背黑鍋。」

「妳為什麼要這麼做！」聲宇忽然大聲地質問，阿麗愣住，舒婷伸手制止。

阿麗咬了咬嘴唇，沒了血色。

舒婷直盯著她，過了片刻，阿麗才低聲說：「我沒有害死鄭先生……我只是拿了東西而已。」

「是 Amy 拜託你的嗎？」

「是她找我說。只要幫她拿那份資料，就給我一筆錢。所以……她故意去找鄭先生吵架，之後離開後，鄭先生要我推他去院子，我就趁那時拿走文件。」

「但妳還沒把東西給Amy，對吧？因為根本沒機會。」

「是的，之後她就……」阿麗似乎說不下了。

「妳就這樣為了一點錢，什麼都敢做嗎？」聲宇出言斥責。

「冷靜點，聲宇。這樣只會讓事情更複雜。」她轉向阿麗，柔聲道：「阿麗，妳該坦白更多，讓一切結束。」

「坦白？」

「妳沒有攻擊鄭鑫，對吧？」

阿麗的臉色蒼白，嘴唇持續微顫，接著她像是卸下重擔似的，她嘆了口氣，肩頭一鬆，便回答：「是的。」

「那是誰？」聲宇問。

「你應該早就知道了，聲宇。」舒婷實在不想這麼說，但她知道得說。「鄭鑫出入都得靠阿麗，所以她根本沒必要為偷竊而攻擊鄭鑫。我認為是因為之後鄭鑫發現文件夾不見了，他認為是你竊取的，所以質問你，你在憤怒之下，朝他丟擲硯台，剛好擊中他。」

聲宇的臉色一變，眼中的怒火燃燒起來，他咬緊牙關，幾乎是吼出來的語氣：

「不，不是我……妳怎麼會這麼想？這是你亂臆測的吧，舒婷——我怎麼可能殺了自己的父親！我根本沒做過！阿麗才是拿了東西的人，她才跟 Amy 勾結，她才有動機！怎麼會是我？」

「我相信你真的是無意殺死父親。」舒婷繼續說道：「父親認為你偷他的東西，我想是他拿那東西威脅你什麼，所以東西不見，他自然就會懷疑到你頭上，他沒想到拿走的是阿麗。他罵你，甚至可能用之前要威脅你的東西再次威脅你，所以你一時情緒氣不過，就把手邊的東西朝他丟去，沒想到剛好打中要害。」

「你有什麼證據證明是我殺害他的！」

「聲宇，事情到了這一步，不可能再藏了。警方很快就會發現這些跡象。你還有機會主動承認，至少，證明這是一場意外，不是謀殺。」

「主動承認……還能證明什麼嗎？就算是意外，我也算是殺了他。」

舒婷深吸一口氣，語氣柔和卻堅定：「聲宇，我知道你不是存心殺人，但現在唯一能做的，就是說出實情，證明這是一場意外。」

聲宇沉默了好一會兒，終於緩緩點頭。

「好……我會說清楚的。」他低聲道，「不管結果是什麼，我都認了。」

舒婷看著他，眼神裡沒有責備，只有一種深深的疲憊與惋惜。

「聲宇，所以鄭鑫是拿什麼威脅你？」

聲宇沉沉地看了舒婷一眼，回答：「他要我留在台灣，要是我不答應，他要把我曾經將個資交給駭客組織的事情寄到我的新公司。要知道，我的新公司就是在做隱私相關的，要是知道新進的主管做過洩漏個資這種事情，絕對不可能會聘用的。而要是那個文件流到其他人手中，流入媒體手中並被大肆報導也可能讓我失去這份難得可貴的工作機會。」

「聲宇，我覺得 Amy 其實沒有要報導這個資料，她可能跟你一樣，拿走資料反而是不希望資料曝光。」

「妳為什麼會這麼認為呢？」

「我認為，她很有可能是就是你所說的駭客社群的人。她跟你一樣都在美國念書，而在採訪過程中，她有非常鮮明的觀點，而且最重要的是，我注意到她相當反對鄭鑫的想法。總之，她不是兇手，必須還她清白。」

聽到舒婷這麼說，聲宇點了點頭，像終於撐不住往旁邊的椅子坐了下來，靠在椅背上閉上了眼。

此時，阿麗走向行李箱，從底層抽出一份資料夾，遲疑地交給舒婷。

「就把它放回書架上吧。」舒婷笑著接過資料夾，然後轉頭看著聲宇說：「我待會兒親自跟警方說清楚，好嗎？」

5

「你家的那個 Amy 昨天傳訊息跟我說，她今天下午會進辦公室。」

「老鄧，你不是說她是休到這個月底嗎？那麼不安分。」舒婷就說：「還有，什麼時候她變『我家』的 Amy 了。」

「拜託，你幫她洗清白，還接手她那天的採訪，她可是要好好感謝妳，我要是當年菜鳥時，有像妳這麼好的主管，絕對扒著妳不放，我說啊，妳可要好好帶她。」

「忙都忙死了，還要繼續帶她喔。」

「妳還看起來不是很高興？」

「哪有高興。」舒婷搖搖頭，嘴角微微勾起。

此時，老鄧忽然壓低聲音，問道：「鄭鑫那案子，妳後來沒寫完整對吧？我看妳那篇收尾，看起來不像妳平常窮追猛打的習慣。」

「我不是社會線的，我只是專寫那種沒營養的花邊。」

「不過妳那採訪稿倒寫得不錯，妳把重點放在年輕人感受到世代剝奪，而年老者認為年輕世代不付出，兩者間相互衝突，非常多人轉傳，而且從後台看，點閱者年齡層有下降的趨勢。在那個基本收入法案通過前，可能會讓這些社群再討論一波。」

「那些題目都是 Amy 規劃的，我只是順著她的提問寫而已。」

「哇，妳這前輩真的超有度量的，我都開始羨慕起 Amy 了。」

「拜託，你是我的前輩耶，裝什麼年輕啊。」

這時，舒婷感受到掛在脖子上的手機發出震動，她趕緊拿起來看，是阿麗回傳接受採訪的訊息，那是舒婷和 Amy 之前規劃的，她打算採訪一些外籍人士，問他們如何看待台灣關於基本收入法案相關事宜。舒婷沒有像 Amy 對於該法案感到樂觀，也因此她決定蒐集更多觀點，理解這場看似美好的政策底下，究竟藏著多少沒被說出口的矛盾。無論好壞，她都想知道。

舒婷回完訊息，手機再度發出震動，這次傳訊息的是 Amy。

Amy：婷姐～阿麗答應了嗎？

舒婷：她答應了，說這個禮拜天可以接受訪問。

Amy：太好囉，那麼婷姐～我今天下午會來找妳，妳要不要我替你買杯咖啡。

舒婷：好啊，我要大杯拿鐵，記得幫我加全糖。

Amy：嘿，我都不知道妳喝咖啡要加糖。

舒婷：因為這不是寫稿用的咖啡，是下午茶。

Amy：太棒了，那我也來買個蛋糕，到時候就一起邊吃邊討論喔。

舒婷回傳歡呼的貼圖，接著她抬頭跟老鄧說：「好，我要準備開始寫稿了，否則下午會沒時間弄新的專題。」

老鄧大笑，他拍了拍舒婷的肩膀，「妳真的很愛妳的工作，我認為就算給妳很多錢要妳別幹了，我看妳還是會繼續做下去。」

「或許吧，但我相信，當工作本身變成了自己的熱情，哪怕沒那麼多回報，也不會感到厭倦。」舒婷說完便轉身向辦公桌走去，隨手整理著散落的文件，準備開始撰寫手邊的稿子。

志明的故事

子藝
Tsu-Ge

我是位奇科幻文學作家、書評人，有職能治療與成人教育的學位，但還想去念神學院，是個鉛字中毒的中年人，現在跟太太與小孩，還有兩隻貓住在鄉下地方，最大期望是可以整天打電動。
代表作品為《歸途 第一部：納席華》、《歸途 第二部：絡沙利南》、《光明繼承者 LIKADO》。

雨下得很大，志明看著租屋處牆上退色的招領公告，時間是兩年前。

居然還沒撕掉？

志明自嘲地笑著，原來他已經失去身份那麼久了。這個世界接下來會變怎樣他不知道，也不想知道，更寧願不知道，因為這一切都已經沒意義了。

1

故事要從兩年前開始說起，當年志明剛剛退伍，退伍其實就是失業，畢竟志明大學生活也一樣搖搖擺擺。他先是讀了認為未來比較有出路的自然組，但又選不出有興趣的科系，所以先唸了機電學程。才念一年，又覺得讀這個出來其實只是當個好像比較高級的工人，於是轉去唸商業學程，在念了一年之後覺得這學程銅臭味太重，沒有真正創造有價值的東西，於是又跑去唸人文學程，但念老半天還是沒有興趣。他認為人還是應該要尋找自我，這些課實在沒太大意義，都在無病呻吟。好不容易混滿四年，他勉強拿了夠多畢業學分，以一個模糊的狀態拿了人文學程身分畢業，實際上卻只是湊足學分。

畢業之後去當兵，同樣渾渾噩噩直到退伍，接下來面對的是找工作的問題，但他的問題從來都沒有變過，就是他不知道自己要做什麼。

還好有 UBI，他決定要繼續這段尋找自我的旅程。當年他父母親也是受惠於 UBI 政策，才能展開自己的人生。

他父母親當年唸的都是化學系，兩人同樣不想在工廠裡面工作，對關在實驗室研發也沒興趣，因此藉著 UBI 政策，他們開始了尋找自我的旅程。兩個畢業之後一起開設了木工工作室，做一陣子之後又改作 Youtuber，又做了一陣子變成開烹飪教室，最後開了一間在學校旁邊的自助餐店。

他們的自助餐店很有名，不但東西便宜，更重要的是他們願意陪學生聊天，因為 UBI 政策的協助，他們先後嘗試過很多工作，獲得不少相關證照，因此很多學生也願意找他們聊天，藉此尋找未來道路。餐廳雖然賺得錢不多，但是評價很高，因此後來當政府開始推動價值信用制度的時候，他的父母親因為在社會上有著不錯評價，所以雖然退休了，仍然可以藉著 UBI 的金援與價值信用帳戶年金過著安穩的生活，可說是 UBI 政策下的模範公民。

在同樣想法之下，志明也開始自己的尋找自我之路。他搬離開家租了社會住宅，接著開始做外送、模型加工、陪寵物玩、陪獨居老人聊天……各式各樣的工作，但每份工作都只做兩三個禮拜。與其說他不認真，不如說他非常認真地在尋找自我，但問題就在於他認為這些工作通通無助於他尋找自我。

就這樣志明晃呀晃地過了兩年，直到某天他收到一張來自戶政單位的公文，裡面口氣委婉地提到他的價值信用帳戶已經在上個月透支了，接下來他必須在兩個月內找到新工作，而且必須持續工作半年以上，才能恢復他的價值信用帳戶，這也代表他暫時只能靠 UBI 給的最基礎資源過生活。

看來志明長期忽略政府法令的變化，以至於沒有注意到自己已經陷入困境。

於是他不能租目前住的社會住宅，而必須住到救助住宅。所以他到政府相關單位去抗議，但得到的卻是公務員的冷嘲熱諷。他不斷換工作，而每個僱主都給了他很低的評價，這些評價全都進到他的價值信用帳戶裡面，而每份工作他都沒有取得相對應的證照，因此不能計入社會價值貢獻裡面，簡單說，社會不認為他有價值。於是在滿腹委屈當中，他在路上隨意漫步，無意間來到陸橋底下，注意到這邊有不少遊民聚集，他忽然驚覺，可能很快他就會淪落要加入這一群人的行列。

「不要一直盯著看。」突然有個聲音傳來，志明轉頭看，是位年紀可能大他幾歲的小姐，穿著很樸素，也很顯然不成套的服裝，撐的傘還斷了一根骨頭。

「有事嗎？」志明問道，但那位小姐沒多說什麼，倒是比了個手勢，志明認為應該是「跟上來」的意思，於是就跟著上去，走在那位小姐旁邊。

直覺告訴志明，這位小姐狀況可能跟他類似，這多少激起他的好奇心，畢竟他在新聞上聽過一些「無貢獻者」的新聞，不多，但還是有，基本上都是一些谷底翻身的故事，說穿了，如果他找到人生方向，應該很快就能恢復信用帳戶，現在只是暫時低潮而已。

「你是無貢獻者嗎？」走著走著，小姐突然發問。這也未免太失禮了，他只是帳戶透支，可沒有被除戶，這差很多好不好。但小姐會這樣問，是否代表那些遊民是這種身份，或者這位小姐本身是？

「我只是帳戶透支，正在找工作。」志明這樣回答。

小姐停了下來，轉頭盯著志明，過大概五秒以後笑著說：「你說的這句話我以前也說過。」

接著小姐不再說話，只是專心在往前走，志明就一步一步跟在後面，而且越走越沉重。

也不知道走了多久，他們來到一棟老舊的公寓前面。小姐對著門鈴按了幾下，接著喇叭出現聲音：「哪位？」

「我。」小姐單純地回答，門就開了，他們上到五樓，進到一個房間，裡面有幾個人，其中一位看來已經八、九十歲了。小姐帶著志明走到那位老者面前。

「新來的？」

「對。」

志明一頭霧水，他可不是什麼新來的，也沒有想要加入這群人。

「真的？」老者面帶微笑看著志明說：「B棟那邊有個空房間，就先給他用吧！」

於是小姐又拉著志明離開。志明一頭霧水，他還得去找救助宅登記，沒空跟著這群怪人瞎晃。這時一位中年人塞了一張A4的紙給志明，拿起來一看，原來是救助宅的申請書。

「等等，這邊是救助宅？」

「不然你以為是什麼？」

「我以為救助宅要去社會局登記。」

「別傻了，你現在連要進市府大門都有問題，根本過不了安全門好不好，所以我們這邊幫你登記就好。」但看見這裡環境水準顯然完全不符合志明所想要的，讓志明很猶豫。

「你應該去抗議過了對吧！」

志明點點頭，很多人都笑出來，顯然他們都做過一樣事情。

「少天真了，既然你去抗議過，那麼系統就會標註你屬於刁民身份，這下願意讓你進去的公家單位只剩下派出所還有公立醫院的急診室。」

「那我還要找工作耶！」

「在我們這邊找吧！現在幫你進行登記就是我的工作，而出去幫忙帶人回來則是她的工作。」邊說，男子比了比那位小姐。

「這種工作也有點數嗎？」

「有，但目前沒有職缺，我們會安排適合你的工作。總之今天先休息！明天再說吧！」

隔天清晨，志明跑回去市府，卻發現自己真的進不了市府自動門，而且多試幾次以後，警衛就跑過來面帶微笑的關心，但警棍卻已經握在手上了。

志明突然想回南部投靠父母親，但想了想，覺得實在太丟臉，而且他現在連最便宜的客運車票都買不起，於是只好摸摸鼻子走回救助宅那邊。

「沒問題，剛來的都會這樣子。你現在做的事情我們都做過。」那位老頭子這樣說，但這些人到底是遇到什麼事情才會落到這個地步，明明父母親當年也是這樣透過 UBI 好好的尋找自己人生目標，為何我就不可以。

老頭子說：「不是你不可以，而是當每個人都宣稱要尋找自我的時候，有些工作就沒人想做了。這也是為什麼 UBI 沒有廢除，但又加上一個價值信用帳戶，這是為了要人們學習為別人做事情。

但志明並不這樣想，畢竟，這根本是一種奴役，社會難道不是早就進步到應該讓大家都能夠做自己嗎？他這樣質疑著。

「那你要找到什麼時候呢？五年？十年？五十年？這樣可以嗎？」

「這樣才對不是嗎？畢竟那些沒意義的事情為何要我去做？我的時間應該用來思考更多重要的事情，這才是對人類最有價值的不是嗎？在那邊撿垃圾、清水溝，那才不是我該做的事情。」

「要不然那些事情要誰做？」

「自然有適合的人去做啊！每個人應該去做他適合的事情。那些事情對某些人有價值，但對我沒有，就讓那些適合做的人去做，我是絕對不會去做的。」

說完志明離開救助宅，他不想讓這種禁錮人的政府得逞，於是他走向前一晚看見遊民的陸橋，他寧願跟這些人在一起，或許可以找到反抗體制的方式。

老人嘆氣看著他離開，對身邊的同仁說，如果他不願意成為我們的一員，那也不是我們有辦法決定的，只希望他不要走到最壞的那條路去。

3

今天橋下一樣聚集著一群人，這些人看起來比救助宅那邊的還要落魄，雖然昨天志明對他們避之為恐不及，但今天看見他們的時候，或許是因為陽光照射的關係，忽然覺得沒有那麼恐怖，甚至有點欣賞這群人。畢竟，他覺得這些人完全不甩政府體制，在他眼中是一種很崇高的品格。說起來政府只是一群平凡人為了守護平凡而組成的平凡組織，根本不解他有多少價值。

真正的貢獻應該來自於突破，平凡本身就是沒價值的象徵，這是他不能允許的。只要他能夠找到自己人生方向，一定能夠做出不凡的成績，這才是他最大的貢獻，像現在這種無法讓他發揮的體制，他才不願意屈服。

走到這群遊民的中間，每個人都盯著他看，有人眼神銳利，有人眼神閃爍、有人根本不願意正眼看他。

「你會做什麼？」一位中年男子走過來，雖然服裝老舊，但很有意思的是他鬍子修剪得非常整齊，看來是個有原則的人。志明看著他，跟他說想找個能發揮自我的地方。

中年男子哈哈大笑，旁邊的人也全都跟著笑出來，志明覺得受到侮辱，正要開始發飆的時候，男子開口跟他道歉，接著很正式地說：「這是一個挖掘潛能的地方，在這裡每個人都在尋找自己最強大的那一面，畢竟蹲得越低跳得越高。你好，我叫蔡武科，是這邊的替代經濟仲介。」

「替代經濟仲介？」志明第一次聽到這名詞，滿腹疑問。

只見自稱蔡武科的男子從口袋裡拿出一張名片來，上面的確寫著替代經濟仲介的職稱。

「我們這邊全是靠實力過活的人，不甩政府那些進步話術，我們有自己的定價，雖然無法使用貨幣系統，但以物易物或以勞務換取需求完全沒有限制，如果沒有立即需求，我們也提供相當於貨幣意義的擔保憑證可以讓你作為儲蓄用途，請問你擅長什麼事情？」

「擅長？」志明看著那群「遊民」，實在看不出他們在靠什麼實力過活，雖然這位蔡先生說「有自己的定價」似乎不錯，他也很認同，他的確更有價值，但要說他擅長什麼……

他什麼都擅長啊！尤其擅長出意見，但這時候還是謙虛一點比較好，於是抬頭挺胸地說：「我擅長的是企劃與管理」。

「企劃與管理是嗎？」蔡先生的表情有點失望，也對，這邊看來沒多少人可以管，也沒太多事情需要企劃，畢竟每個人都有自己的定價，都是自己決定。

「我們最近接了一批計時器的訂單，想找手巧的人幫忙。」

「當作業員？」

「不是像工廠那樣，這邊的人大多要學會做很多事情，我們努力自給自足，但也同時處理一些政府管不到的經濟活動，而且收入還不少。」說完蔡先生還搓搓手指做數鈔票的動作。話說有多久沒有見過實體貨幣了，不過這個動作留下來了。

聽到收入不少，志明眼睛一亮，連忙確認價碼。

原來還真的是替代經濟，這邊的勞務所得不能換算為價值信用帳戶的點數，但的確更有價值，至少他只要委屈做半天，就能換到一天生活所需，剩下來的時間就能「做自己」了。

就這樣，志明在這邊做了半年左右，還真是創紀錄了。畢竟好歹有學過一點機電知識，這種單純加工對他來說還不算困難，甚至因此指派他承接管理工作。

但他的疑問也逐漸增加，這種計時器其實工廠裡根本可以大量生產，在這邊用人工組裝成本更高，自己在組裝的時候只覺得做半天就能過日子真是太好了，但當主管之後發現可以砍掉一半以上人力。

「這些貨是交給誰的啊？」他不禁提出疑問，但從沒得到答案，反倒問超過三次以後，他又被調回去當組裝工人了。

於是，志明再度離開，畢竟，這個地方同樣不理解他的價值。

4

雖然說走就走，但志明忽略了一件事情，替代經濟圈子裡雖然可以透過工作獲取收入，但這邊的貨幣系統並不受到外界承認，換句話說，他現在不但身無分文，而且

UBI 身份與價值信用帳戶也早就被註銷掉了。

志明試著回去救助宅那邊，發現一場喪禮，原來是那位老頭子的告別式。

只見負責接待的人是之前那位小姐，志明上前去打招呼，接著到靈堂致意。

看來今天大家都很忙，但無論如何他至少要找到地方住才行，所以厚著臉皮開口問詢問。

「我今天來是想問問看這邊能不能幫我找住的地方跟工作。」志明趁著空檔開口了，但小姐一臉困擾的樣子，要志明等儀式結束。

這很合理，志明理解要尊重死者，於是乖乖地跟著儀式流程待到最後。

居然還拿到一個餐盒，這下至少他不用擔心午餐了。

忙完之後，春嬌主動跑來找志明。

「你之前在哪裡？」

「替代經濟那邊。」

「所以你完全沒有累積任何價值信用點數？」

「我的價值不需要系統幫我定義。」

「但國民的稅金需要有個使用標準，你想要政府出錢，就要配合政府的政策。」

「這是奴役。」

「這叫合作。」

「那你又是怎麼來這邊的？如果你那麼相信政策的話，為何會淪落到這邊來？」

志明這樣質疑，春嬌突然安靜下來，一臉想哭的樣子，突然讓志明有點罪惡感，他可沒想過要把人弄哭。這半年多下來，志明也聽過不少故事，會淪落到底層來的人，多少都有自己苦衷，反正說穿了，就是政府沒有好好照顧人民，而這些弱勢中的弱勢，只好到這邊接受救助服務，說起來替代經濟那邊還比較有骨氣。

「如果你不信任體制，又何必回到我們這邊？」換春嬌提出質疑，這下換志明語塞，畢竟他才剛跟替代經濟撕破臉。

也許看出志明也有難處，春嬌沒有繼續問下去，同時答應可以給他緊急救助宅的使用權，不過只有三個夜晚，這三天他必須辦理帳戶恢復手續，同時找到工作。

志明同意了，當天晚上睡在一個大通鋪，跟二十多個人擠。看來淪落的人越來越多了，明明以前大家靠著 UBI 可以過不錯的好日子，怎麼現在 UBI 只能提供這樣的生活？

隔天，志明得到一個掃公園落葉的職位，而他當然拒絕了。

再隔天是清理下水道的職位，當然也是拒絕。最後一天，他分配到垃圾掩埋場資源回收整理小組的工作，這時他雖然寧願去公園掃落葉，但已經不能再拒絕了。

而這當然是個糟糕透頂的工作，整天在那邊處理沒把塑膠膜撕掉的飲料瓶、沒先用水沖掉廚餘的便當盒，還有處理廢紙箱上面的膠帶，而且沒有空調，真會熱死人，更別提因為他價值信用帳戶早就透支，正進入清償程序，基本上收入等於零，只能繼續睡通舖跟領用配給的食物。

他算了一下，照這樣進度下去，他「只要」二十年就可以恢復 UBI 身份與價值信用帳戶。

「沒有好一點的工作嗎？」志明在休息日找那位小姐提問，但小姐聳聳肩，表示由於他沒有任何證照、學歷與可信的工作經歷，所以現在他只能做這些類型的「最有價值工作」，這當然是政府美化的說法，簡單說就是沒人想做的工作。

這次他做了一年，甚至當上小隊長，讓他午餐跟晚餐可以多吃一顆蛋，帳戶則可以提早在「十五」年後恢復。

居然很多人恭喜他，這些人難道都沒有尊嚴了嗎？

這世界怎麼會變這樣？

5

一天，志明一如往常的在垃圾場執勤，突然看見熟悉的東西，雖然被燒得焦黑，但那是他以前做過的計時器。

「喂！這哪來的？」他問了同事，但同事一臉茫然。於是志明跑到司機室去問，得知這批垃圾是從市區送來的，好像前一陣子發生爆炸案件，現場封鎖一週後才開始清垃圾，這些是其中的一部分。

一週？志明想起上禮拜的確在辦公室有聽到爆炸新聞，沒想到垃圾會送來這邊。接下來一個月裡面，他又見到這些計時器三次，全都來自爆炸案現場。

這讓他感到恐懼，畢竟這實在不能說是巧合，何況警方也注意到每個爆炸案現場都有同款的計時器，怎麼看都是炸彈的一部分。

之後送來的垃圾就沒計時器殘骸了，而是被警方收為證物。

所以這些計時器不能在工廠製造，因為會被追蹤嗎？難道替代經濟那邊在協助生產這些炸彈？

這些爆炸案的確引起很大震盪，接下來兩個月裡，突然有大量民眾來到救助宅，看來整體經濟又更加惡化了，但爆炸案卻依然進行著，每隔幾天就發生一次，雖然爆炸案似乎都經過設計，都是在沒人的狀況下引爆，所以除了幾位傷者以外，尚未出現死者，看來警告意味比較多。

「太溫吞了。」志明不禁如是想，像這種腐敗政府需要強烈一點的教訓才對。如果有這種真正憂國憂民的志士，他倒是很想要認識認識。

於是在一次休假日，他跑回替代經濟那邊，好不容易找到蔡先生，開門見山地就問了炸彈的問題。

「你不要亂講，我們可是老老實實做生意。」蔡先生一臉無辜地說道，但志明不死心又說：「告訴我這些貨出給誰？」

「我們生產了幾萬個計時器，我哪知道……」蔡先生正要辯解，志明插話：「我知道每次來的都是同一位司機，根本是出貨給同一家廠商對吧？」

好歹志明之前也做到小主管，不至於對出貨一無所知，總之在逼問之下，蔡先生告訴他一間電子廠的地址，那是他也聽過的國際公司，但這種公司向地下工廠訂貨不是更奇怪嗎？

過兩天，志明下班時被兩位男子搭訕，接著被帶去一個廢棄的老舊商場。

這廢棄商場裡面不像外頭看起來那麼破敗，雖然沒有現代化裝潢，但看得出來是經過相當整理，有獨立隔間，還有一些簡易工作台。空氣中瀰漫著一股混合了灰塵、金屬和某種化學物質的味道。帶他進來的兩人沒有多說什麼，只是將他領進其中一個隔間。

蔡武科已經坐在裡面了，而且鬍子依然修剪得整整齊齊。他沒有直接提到炸彈的事，只是平靜地看著志明，彷彿預料到他會再次找來。

「你說你擅長企劃與管理？」蔡武科開口了，語氣跟上次在橋下時有點不同。

志明點點頭。在垃圾掩埋場做了一年，他已經受夠了那種沒有尊嚴、沒有價值的勞動。他覺得自己有知識、有想法，不該只是處理那些沒人想碰的垃圾。他需要一個能真正發揮他「價值」的地方。

蔡武科遞給他一份文件，上面是某個市政府設施的平面圖。

「這是我們的『企劃』，我們需要有人負責『管理』好每一個細節。」蔡武科指著平面圖說。

志明接過文件，心跳開始加速。這不是他第一次接觸這種圖紙了，在垃圾掩埋場處理爆炸現場的廢棄物時，他見過類似的設計圖殘頁。他知道這意味著什麼。

「這就是那些計時器的用途吧？」志明直視著蔡武科問。

蔡武科笑了，這次的笑容裡沒有上次在橋下時戲謔，反而多了一絲讚賞。「我們不用甩政府那些進步話術，我們有自己的定價，做自己認為有價值的事情。」這句話，志明覺得無比熟悉，這不正是他一直以來追求的嗎？

「政府體制腐敗，它把人變成奴隸，把那些有價值、有想法的人排擠出去。他們以為靠著那個所謂的價值信用帳戶就能控制一切，就能逼著我們去做那些沒意義的事情。他們錯了。」蔡武科聲音不高，但充滿了力量。

志明腦海中浮現出自己在救助宅被迫接受「最有價值工作」的情景，想到那些麻木地互相恭喜能在垃圾場少待幾年的人，想到自己連市府的門都進不去。他覺得胸口一股怒火在燃燒。

「他們需要一個更強烈的教訓。」志明低聲說道。這一次，他的話不再是單純氣話，而是決心。

蔡武科滿意地點頭。他看見了志明眼中被體制壓抑的野心和憤怒。這個年輕人，一直在尋找自我，尋找他認為的「價值」，現在，他終於找到了他願意為之奮鬥的方向。

「歡迎加入。」蔡武科說，「在這裡，你可以真正發揮你的企劃與管理能力。我們將會對這個世界做出真正有價值的『貢獻』。」

志明看著手中的平面圖，圖上有標記、進出的路線、可能的引爆點……這些細節對他來說不再是無意義的瑣事。他感到一股前所未有的清晰感和目的感。他不再是那個渾渾噩噩、無所事事、被體制邊緣化的人。在這裡，他是一個「企劃者」，一個「管理者」，他將要親手參與創造一場足以撼動整個社會的事件。

他知道這條路充滿風險，但他覺得這比在垃圾堆裡腐爛十五年甚至二十年更有意義。他終於找到了他認為值得付出一切的事情。他抬起頭，目光堅定地對蔡武科說：

「好，我來做。」

從這一刻起，志明，這個曾經只是在尋找自我的年輕人，正式踏上了他自己所選擇，一條與過往完全不同的道路。他將利用他在「替代經濟」圈學到的知識、從垃圾場發現的線索、以及他那被體制激發到極致的憤怒和所謂的「企劃與管理」能力，去實踐一場他認為能「矯正」這個世界，讓那些平凡組織守護的平凡世界體驗什麼叫做不凡，這世界需要為他們的愚昧付出代價。而這一切的開端，就從眼前的這份市政府設施平面圖開始。

6

雨下得很大，志明看著租屋處牆上退色的招領公告，時間是兩年前。

居然還沒撕掉？

志明自嘲的笑著，原來他已經失去身份那麼久了。這個世界接下來會變怎樣他不知道，也不想知道，更寧願不知道，因為這一切都已經沒意義了。

這棟老舊的社會住宅即將被拆毀改建為商業大樓，那麼，為大樓送終這檔事，或許可以由他這個前住戶來進行，只是這次，將會是在市府一群官員在裡面場勘的時候。

因為這樣更有價值。

碧蓮

戲雪
Shirlina

文字創作者、閱讀推廣者。現任「把盞話古龍」武俠社團版主、「千魚出版」華文原創編輯。目前持續創作中，已出版的作品：海穹文化《3.5 無盡升級》之〈傘王〉、《捷運 X 殭屍》之〈殭屍世代〉、《3.5 多重升級》之〈可能〉，並為《異世歧路》共筆作者之一。

一般來說，什麼情況下，才會動離婚的念頭呢？

外遇、家暴？怎麼樣算家暴，言語暴力算不算？長時間無視算不算？

王碧蓮已經想不起上次丈夫開口跟她講話是什麼時候。每次只要有事情不順丈夫的意，丈夫就會對她發起冷戰，除非她低頭示好，滿足他的要求。

一開始只是她忘記叫他起床害他遲到，比較常發生的是她煮菜沒加到糖——他說婆婆煮給他的都會加糖，後來甚至連哪裡惹他生氣都沒搞清楚就被他無視。而他同意和好的條件更益發誇張，這次甚至要她拿她妹妹王碧玉的內衣給他——他說他不是有什麼壞念頭，只是要她證明她夠愛他，願意為他做平常不會做的事，而且他不會要她犯法或傷害別人，所以才要她這麼做。

可是為什麼要穿過的？

『沒穿過的太沒難度，不然妳可以去拿妳姊的啊，我是幫妳想一個妳最容易拿到的耶，只是妳願不願意而已。』

王碧蓮還是覺得很奇怪，沒有答應，於是便被他無視至今：跟他講話他當做沒聽到，去碰他他閃開，更不用說哭給他看，他根本無動於衷。

她到底做錯什麼？什麼時候開始，道歉的總是她？

他原本不是這樣的，是她太順著他了嗎？

王碧蓮邊想，邊走出火車站，看到熟悉的車已經在外面等待。

她走到車窗旁，朝裡頭看，確認是姊姊王碧香，才打開車門坐進副駕駛座。

「怎麼只有妳一個，立祥呢？」姊姊打方向燈，駛出臨停區。

「他身體不舒服。」習慣之後，原本不對家人說謊的她，已經能說得順口。

「啊妳怎麼不早講，我就騎車來，開車要經過市場很容易塞。」

「拍謝啦，我沒想到。」王碧蓮安全帶拉一半扣不到，用扯的也扯不出，只好放手讓它縮回去，重新拉一次，一次到位才扣上。

「幹嘛，妳跟立祥又吵架囉？不是跟妳說，態度放軟一點，嘴巴要甜一點，不要一直問『為什麼』。偶爾吵架沒關係，男人噢，只要那方面滿足他，就會什麼都好。」

王碧蓮不敢說自己可能正是因為太聽姊姊的話，才讓丈夫食髓知味，一點小事就不高興，或者說「假裝」不高興，要她做這做那，滿足他變本加厲的性癖，最後才導致現在這個樣子，提出如此怪異的要求。

「姊，妳朋友大部分都結婚了吧，他們結婚後有多少對是真的幸福的？」

「妳問這幹嘛？」

「婚姻制度對女生很不公平啊，難怪離婚的人那麼多，結婚的人卻越來越少。」

「妳小說看太多，那些都是假的，結婚只是各取所需而已，想這麼多幹嘛。」

王碧蓮很想直接問姊姊的婚姻幸福嗎？可是這個問題太傷人，她問不出口。

「欸妳不要給我想離婚喔，結婚不是談戀愛，隨便說分手就分手。立祥不喝酒不賭博，是有哪裡不好？男人工作穩定最重要，他在外面工作累了，回家脾氣不好又怎樣，妳就讓他一點。」

「不是啦，我是在說小玉啦！她今天不是要帶男朋友回來給我們認識嗎？我在想會不會不要結婚對她比較好。」

「大姊跟妳說，女人還是要結婚、要生小孩，生越多越好，不然以後沒人拜，會變成孤魂野鬼。除非妳做了什麼好事，有人蓋姑娘廟拜妳。啊那是要沒結婚的才有，離婚的沒有喔……」

其實現在花葬、樹葬已經很普遍，不一定要進什麼祖祠或靈骨塔，而且小孩將來未必會祭拜我們。不過王碧蓮並不想跟久久才見一次面的姊姊抬槓，也沒有很認真聽姊姊後續說什麼，她只在意姊姊沒有正面回答她「婚後幸福比例」的問題，想是不願承認比例很低吧。

車慢慢穿過市場駛向郊區。爬上山坡後，便是她們姊妹三人從小生長到大的家。隨著離娘家越來越近，王碧蓮的內心越來越忐忑，臉雖然朝向窗外，眼神卻沒有對焦，直到熟悉的建築物出現在眼前。

座落在山坡上的透天厝，昂然獨立，散發自給自足、風雨不屈的氣息。然而來到牆腳抬頭仔細一看，壁磚早已斑駁，有些甚至已被歲月剝落。

王碧蓮踏進娘家客廳，父親正在和大姊夫、小妹泡茶，小妹身邊侷促地坐著一位青年，想必是小妹的男友。

果不其然，父親沒見到丈夫，又開始數落王碧蓮，渾然不顧在場還有第一次見面的客人。王碧蓮只好以到廚房幫忙大姊為由，快步離開現場，根本不敢說出她和丈夫其實已經很久沒有講話，只因為她不願答應他拿妹妹的內衣。

還是，就拿一件？

每次回娘家，三姊妹都是擠在未嫁的小妹王碧玉房間一起睡，共用套房的浴室，兩位女婿另睡一間，這次因為王碧蓮的丈夫沒來，大姊王碧香去和丈夫睡一間，只有她和妹妹小玉睡一起，如此要拿一件妹妹穿過的內衣更簡單。

王碧蓮知道妹妹兩三天才洗一次衣服，換下來的衣物都會暫時放置在浴室靠近門口的洗衣籃，如果只從裡面拿一件，下次回娘家前洗乾淨，帶回來直接放進妹妹衣櫃抽屜，妹妹一定不會發現，而丈夫也不會再跟她冷戰，會跟她一起回娘家，她就不會老是被家人責怪、搞得氣氛尷尬，如此豈不是皆大歡喜？

這天晚上，王碧蓮望著浴室的門正猶豫時，浴室的門打開，妹妹圍著浴巾從裡面走出來。

「二姊，換妳洗。」

「好。」

不過是件內衣嘛！王碧蓮深吸一口氣，走進浴室。

////

王碧蓮跟丈夫的冷戰仍在持續。

她開始考慮出去工作。

嚴格來說，自從實施無條件基本收入制之後，她即使不工作，每個月仍有一萬五千元進到戶頭裡。不過這跟她沒什麼關係，因為這項政策開始的時候，她已經嫁給張立祥，而婚後第一天，丈夫就提議由他來負擔家計，讓身子骨孱弱、動不動感冒生病的她，可以安心離職在家備孕。

『錢的事妳不用擔心，我會養妳。妳的戶頭一起給我，處理稅務比較方便。』

當初覺得丈夫很有擔當，便把存摺、提款卡什麼的都交給丈夫，等她發現這樣不管買菜、繳費都要「實報實銷」，還要看丈夫心情才拿得到錢時，已後悔莫及，只好安慰自己丈夫至少不會拿錢去花天酒地。

這兩年時不時的冷戰，王碧蓮早就對「做人」不抱希望，如今眼見他們冷戰已破紀錄邁向第三個月，幾經思量不如找個兼職工作，至少讓手頭有點錢可以自由使用。

王碧蓮拎著垃圾站在路旁，等候垃圾車的同時，邊瀏覽超商貼的徵人啟事。明明是計時兼職，工作時間跟正職竟然只差一個小時！這樣一個月薪水換算下來不知道跟正職差多少？正盤算時，身後突然有人向她搭話。

「張太太！」

王碧蓮轉頭一看，是同一棟三樓的陳太太。

陳太太挨近她說：「妳這幾天都沒在倒垃圾噢，怎麼都遇不到妳。」

王碧蓮微微退後，保持著禮貌的微笑：「剛好最近垃圾比較少，沒有每天倒。」

事實上丈夫現在已經不吃她煮的飯，有時甚至半夜才回來，她不用再天天下廚，所以沒有廚餘，家裡等同只有她一個人，當然沒什麼垃圾。只是這些她沒必要向不熟的鄰居解釋。

「這樣噢，我才想拜託妳順便幫我倒個垃圾，這樣剛好妳不用跑太多趟。」

「妳是說等一下幫妳把這些丟進垃圾車嗎？」王碧蓮看向對方腳邊那幾包少說有好幾公斤的垃圾和回收物。

「對啊，還有以後啦。哎喲妳看我現在肚子越來越大，妳沒生過小孩叽不知道，我們大肚子的時候，每次下個樓梯都要一步一步慢慢走，有時候沒趕上垃圾車，把垃圾堆在家裡，就被老公罵個半死。我生前幾胎的時候，攏嘛是五樓的林太太幫我倒，她現在去上班，我總不能叫二樓還是一樓的上來對吧？妳從四樓下來反正順便，我會打包好放門口，妳下樓的時候再順便幫我丟一下嘿。」

反正順便是什麼意思？偶爾有需要她可以幫忙，要固定去做又是另一回事。

王碧蓮揣摩如何不傷和氣地拒絕：「可是，我們家現在久久才倒一次垃圾耶。」

「沒關係啊，不然我放樓梯間，空間比較大，妳有下來丟再一起丟，不要被我老公看到就好。妳知道我那幾個小的動不動就哭，他本來就不喜歡小孩，到時候他看到那些垃圾一個不爽，罵我罵不夠，搞不好又揍他們出氣。」

王碧蓮一陣膽寒，想起三不五時傳來的震天價響的哭聲——不會吧，這樣樓梯間堆垃圾、陳太太家小孩被打，不就會變成她的責任？

情急之下，王碧蓮趕忙說：「不好意思，其實我這幾天也在找工作，可能跟林太太一樣沒辦法幫妳倒，妳還是找別人——呃，想其他辦法好了。」

「妳要去工作？妳們房子不是自己的嗎？妳老公家這麼有錢，不用妳去賺吧！」

今天垃圾車怎麼特別慢！等不到垃圾車的王碧蓮只能想辦法轉移話題：

「妳老公既然不喜歡小孩，怎麼還一直叫妳生？妳這是第幾胎？」

「還是不是為了領那個，生一個小孩每個月就有一萬五，生兩個領三萬，當然是生越多越好。連我肚子裡的這個，算起來我們光是小孩子的就可以領到六萬。妳也趕快生一個啊，還是妳生不出來？呿，那妳不待在家還找工作，不然我教妳幾招——」

「先、先不用。」王碧蓮很想逃走，可是又怕對方到處亂說，靈機一動：

「妳這樣一直生，會不會對身體很不好？雖然當初政府是為了鼓勵生育才連剛出生的寶寶都有補助基本收入，可是生這麼多還要自己帶，沒請保姆怎麼顧得來？」

「請保姆很貴耶，我老公是為了錢才叫我生，哪有可能再花錢請別人。」

「不然妳可以用妳自己的基本收入，請人來幫妳啊，時薪制的也好，看是顧小孩還是倒垃圾都可以。」

王碧蓮覺得自己好聰明，雖然她並沒有要賺這個家事小幫手的錢，至少可以讓對方想起這個應該是要付費的。

可惜對方完全沒有聽懂王碧蓮的「明示」，反而挑起眉毛說：「我哪像妳們還有得領，我的都嘛給我老公拿去投資，我還要自己想辦法生錢養小孩咧。」

「蛤？」

「放心啦，我都買最便宜的奶粉和尿布，衣服玩具什麼的撿人家的就好。反正現在網路很方便，從大陸進貨來賣很好賺，不然小孩子生病看醫生也是要花錢啊！這樣啦，妳有沒有缺什麼衣服、飾品，還是包包、地墊？我這邊很多，妳幫我倒垃圾，我算妳便宜一點？」

王碧蓮無言。

還好後來總算等到垃圾車，不然她真不知該如何結束這段荒謬的對話。

回到家後，王碧蓮越想越不對：她本來覺得陳太太處境可憐，社會上一定有不少像陳太太這樣的媽媽，被逼著生一堆小孩，爸爸卻只顧領錢不管養育，然而仔細一想，自己相較之下並沒有好到哪裡，錢還不是跟陳太太一樣歸丈夫管，加上以現在和丈夫的互動來看，生小孩以後，難保不會步入陳太太的後塵，連同小孩一起被放生。

不對，家庭環境不一樣，至少夫家家境優渥，吃穿用度都沒問題，王碧蓮相信丈夫不會貪圖這些錢，相信丈夫確實是考量節稅方便才把她的帳戶拿去統一管理，況且從他沒有像陳先生那樣打老婆孩子，就可以證明他們不是同一種人。

心情一放鬆，王碧蓮臉上終於有笑容，開始準備今天的晚餐——今晚的泡麵奢侈點加顆蛋吧！

說出去不怕人家笑，她寧可吃得簡單，也不想再被丈夫酸言冷語說沒賺錢還想吃好料。幸好自己本來就吃得少，一個人好打發。

端出煮好的泡麵走出廚房，王碧蓮把碗放上桌，坐靠沙發，順手從桌下收納空間拿出上次回娘家小妹推薦她的科幻小說。

小妹跟她除了年齡相近，也同樣喜歡看書分享，因此相形之下，兩姊妹的感情較大姊來得親近。

記得那天小妹對她欲言又止，她還以為是要問她對男友的看法，沒想到支吾半晌拿出這本《異世歧路》——白底搭綠字的清爽設計，主視覺圖是一位俏麗、有紋身的短髮女孩，側身佔據封面的三分之二，王碧蓮一看就喜歡。

『接龍小說？有四十二位作者還有漫畫。好特別，我怎麼不知道有這本。』

『因為它一上市馬上賣光，前陣子有讀者發現裡面的某些情節跟正在發生的事一模一樣，導致書市贗品喊價到上千元，出版社才緊急再版，讓我搶到。』

『妳這麼一說我就有印象。那妳看完了嗎？』

『看完了，它有很多種結局。那個，我先跟妳說，』小妹突然用兩倍的語速把接下來的話說完：『我喜歡5E、5G、5I、5L結局，妳不喜歡也沒關係！』

平常不管發生什麼事都老神在在小妹，第一次這個樣子，想是非常喜歡這本書，怕自己的喜好被否定吧？直到未來王碧蓮讀完全部結局，才一半知道小妹意為何指，另一半則要到更久之後，姊妹倆在電話中互吐心事，王碧蓮才完全明白。

這時的王碧蓮，正準備沉進小說裡，就著湯匙咬破半熟蛋，享受蛋黃在口中流淌、溫軟鮮滑的滋味時，陽台的大門「咔啦」一聲被打開。

丈夫張立祥走進來，脫好鞋，步入客廳，冷著一張臉瞥向王碧蓮。

王碧蓮被丈夫的目光掃到，忙把書放到一旁，一口吞下蛋黃，放下湯匙站起來：

「今天這麼早，你吃過了嗎？」

張立祥無視她隨後伸過來要接公事包的手，往房子裡面走，走到一半停止不動，也不知道在對誰說：「丟臉死了，找什麼工作。」

王碧蓮當場呆住。他說什麼，丟誰的臉？丈夫好不容易開口，王碧蓮卻不知該如何接話。是樓下陳太太告訴他自己要找工作的嗎？

張立祥得不到王碧蓮的回應，索性轉過身來：「怎麼，妳是哪個字沒聽懂，我說，妳連家庭主婦都做不好，我叫妳做的事都做不到，還想跟人家出去工作？妳是去找工作還是去找人家麻煩的？」

今天是什麼日子，不是上週才去拜拜嗎？王碧蓮感到負荷不來，嚥了嚥口水說：

「我、我之前，好歹也做過店長，沒有你說的那麼不堪吧。況且本來就不該拿別人的內——」

張立祥「嘖」一聲打斷她：「也不想想妳現在幾歲，還在做夢，以前人家是看妳年輕，長得還可以，真以為妳多厲害，現在沒人會用妳啦！我說實話是為妳好，省得妳浪費大家時間。年輕美眉滿街都是，哪裡輪得到妳。」

聽著接二連三、再熟悉不過的言語轟炸，王碧蓮反而冷靜下來。她深呼吸，眼神堅定地望向丈夫：「那如果我找到工作呢？」

張立祥似乎沒料到王碧蓮敢回嘴，張大眼睛瞪向她，停頓三秒，指向大門：

「那妳就給我滾出去！妳既然這麼有本事，還需要吃我家的飯，住我家的房子嗎！」末了冷哼一聲，回到他的專屬套房，重重關上房門。

王碧蓮吐出彆在胸口的氣息，癱坐在沙發上。

面對著吃到一半的冷掉泡麵，吃，還是不吃？

人生就是不斷地選擇。

所幸就算選錯，還可以藉由後續的選擇，走回正確的路。

以前的王碧蓮，總是習慣聽從父母的話、老師的話，結婚以後，就聽丈夫的話。古人所謂三從四德就是如此吧。這樣確實很輕鬆，不用做決定、不用負責。可是現在她明白，最終後果還是得自己承擔。畢竟越想避開麻煩，麻煩往往越會找上門來，不如正面迎戰，才有機會一勞永逸地解決問題——比如政治，比如婚姻，比如眼前這位自己鬍子沒刮卻還想刮別人的客人。

「叫你們冷氣開強一點，有開跟沒開一樣，是要熱死人噢，外面比裡面還涼！你們飲料又貴又難喝，要不是可憐你們生意差，誰要來買，現在還給我搞這齣！」

通常面對奧客的其中一個法則是不要正眼相對，要裝忙：躲在裡面洗碗是一個方式，專心應付正在點餐的客人是一個方式，即便奧客呼喊、插嘴，裝做沒聽到就對了，因為奧客只敢欺負店員，不敢跟其他客人硬槓、不敢插其他客人的隊，要是哪個店員跟他對到眼、接到話，就只能自認倒楣去接待他。

當然也有例外，有的客人臉皮特別厚，不怕別的客人白眼，甚至會專挑看起來好講話、好欺負的店員，指名道姓地喊，不應他都不行。上次這位鬍渣男便是如此，害王碧蓮收到客訴，所以這次她決定不再閃躲，跟對方直球對決！

她在心裡擺起架式，對外端出笑臉，走到櫃檯面對鬍渣男：

「不好意思，政府規定冷氣最低不能低於二十六度，我們現在真的不能再低，既然您覺得外面比較涼，還是您要坐戶外的位子？」

「妳說那什麼話，還敢趕我去外面？你們店長呢，叫你們店長出來！」

假如店長在，聽到聲音就會出來調解，奈何當班的只有王碧蓮和另一名正職，那名正職又剛好外送去了，這下該怎麼讓對方甘休呢？正為難時，一位穿著襯衫、身材修長，面容清爽的中年男性，出現在鬍渣男身後：

「先生，我看你每天從早到晚坐在這裡，應該是不用工作吧？基本收入是保障每個人的生存權，不是讓你閒到找別人麻煩的。」

咦咦，這位襯衫客人竟然把她不敢說的話講出來！王碧蓮忍住竊笑。

「你誰啊！」鬍渣男轉頭發現對方比自己高兩個頭，越講越氣弱：「關你屁事。」

「我跟你年紀應該差不多吧，我一樣沒上班，一樣領基本收入，可是我每天來是想要專心上課進修，找新工作，」循襯衫客人的視線看過去，他的座位上放著筆電、飲料，和吃到一半的店裡的漢堡：「不是來被你這種人打擾的。」

鬍渣男還想再說：「我、我又不是找你。」

「你影響到整間店了啊！」襯衫客人說著，低頭壓向鬍渣男：「就是有你這種人，當初基本收入制才會一直被阻擋，大家怕養出一堆像你這樣的社會蛀蟲。要不是政府找專家努力宣講，總算讓大家明白基本收入制是利大於弊，知道用它來取代大部分的福利可以節省行政成本，降低醫療、治安等社會問題的支出，還能減少疾病或早亡所導致的勞動損失，就算是這樣，還是花好幾年才順利實行，你現在閒閒沒事就來對別人大小聲，是想害我們再走回頭路是不是！」

「我才沒有，你不要亂說！」鬍渣男連忙拿起東西，頭也不回地離開。

王碧蓮向對方致謝，對方說他早看鬍渣男不爽很久了，今日只是舉手之勞。

「妳看起來不像做這個的，沒想到妳會做這麼久。」

「怎麼說？」王碧蓮自信無論在出餐速度和正確度上，都不輸來打工的大學生，親切的應對和對衛生的講究更猶有甚之，難道是看起來年紀太大？

「妳比較像負責人，做長期事業的。我看你們不忙的時候，別人在閒聊滑手機，只有妳會觀察店裡的客人，看客人有沒有什麼需要，不然就是會聽到妳跟店長提建議，不太像是來兼差的。」

王碧蓮嚇一大跳，對方雖然是常客，卻不像其他人愛裝熟哈啦，總是點完餐就自己一個人默默坐在那裡，連什麼時候離開都不知道，相當地低調，沒想到早把吧檯裡的動靜聽了進去。

「嗯，妳應該是那種可以看比較遠的人，跟一般只想顧好眼前，或者說只顧自己的不太一樣。」

這些話帶給王碧蓮無比地震撼。

她隱約有察覺自己跟別人的不同，總是需要經過一番努力才能融入群體，尤其面對強勢的對象更要「裝乖」，沒想到在不認識、沒有利害關係的人眼裡，自己是這個樣子，跟家人、丈夫口中的她可以說是天壤之別。

閒聊幾句後，襯衫客人回到座位，王碧蓮慢慢從震驚中回復，同時她的心裡也做好一個決定。

下午店長來交班時，她回覆店長自己選擇維持原樣，做計時人員、不升正職，店長爽快地答應了。

雖然正職有保障月薪，計時人員會受生意影響減班，且店家為達最大效益，分配給每個計時人員的時數也很有限，然而王碧蓮跟襯衫客人聊過之後，她心裡已決定先求溫飽即可，她要依靠或者說是「利用」政府的無條件基本收入補貼，把時間和心力、體力拿來投入她覺得更有意義的事，這也算是對自己和社會的投資，順利的話，她可以藉此獲取更多人脈和機會，讓她得以從事符合理念又能賺錢的工作——沒錯，她是個有理念的人，不應該單純出賣時間和勞力來謀生，還有更適合她、更需要她的工作。

想想幸好當年大罷免過關，換上一批勤政愛民的立委，在執政團隊的努力下，台灣才能有今天，她才有可能選擇自己要走的路。

如今「無條件基本收入制」已是世界潮流，只是每個國家民情不同，制度和計算方式也不同。以台灣現行的無條件基本收入制來說，完全無收入者，政府每個月會補貼一萬五千元，有收入者，每收入一元是減少零點三元的補貼，換句話說，只要收入在五萬元以下的台灣人民，都能領到補貼，賺得少的人領得多，有點類似退稅那樣。

當然一定會有人鑽漏洞。像王碧蓮上一份工作的雇主，面試時即跟員工說好領現金不報收入，如此員工可以多領補貼，雇主亦省下幫員工保勞健保的錢。

王碧蓮本來覺得反正補貼是進到丈夫的口袋，領多少沒差，反而「不用扣勞健保自付額、可以當日領現」更符合當下需求，所以仍然去報到上工，直到有一次上班途中差點發生車禍，她驚覺即便健保跟丈夫，沒有勞保根本沒有保障，才辭職換成現在咖啡廳的工作，並在開設薪資帳戶的同時，一併把無條件基本收入補貼的收款帳戶重設為這個新開的帳戶。

總算有底氣可以光明正大搬出去，不用每天偷偷摸摸出門，怕被丈夫發現自己去上班，被丈夫趕出家門，手上的錢卻連一間套房都租不起！

這得要歸功於銀行行員的例行問答。雖然開設實體帳戶的程序繁瑣，讓她在銀行待上一個多小時，但若不是行員主動問她「是否要設為基本收入補貼帳戶？」，而她只要說「好」便能完成設定，不然她可能仍然無法跨出那一步，無法自行下定決心上網查找或打電話更改預設帳戶，因為她一想到丈夫得知她更改預設帳戶後的反應，她就焦慮得無法思考。

本來就是自己的錢，怎麼還怕把錢拿回來會惹丈夫生氣呢？

王碧蓮回想起那天，她發著抖，鼓起勇氣跟丈夫說自己已經找到工作。她無視丈夫的嘲弄，拿出請律師朋友代擬的分居協議書。

『如果要我搬出去，請你在這裡簽名。』

『笑死，憑什麼妳叫我簽我就簽，無聊。』

王碧蓮搬出練習過無數次的台詞：

『放心，這不是離婚協議書，只是分居協議書。之前你不是說嗎，如果我找到工作就要我搬出去。還是，其實你不希望我搬，希望我繼續跟你一起住？』

聽到後面這句話，張立祥二話不說拿筆就簽，然後一如既往回到他的專屬套房，重重關上房門。

只是這次薄薄的房門，隔開的不單是兩個人的世界，更代表回不去的決裂。

有這麼嚴重嗎？他要她搬出去不過是一時氣話又何必當真？換作過去的王碧蓮，大概會這樣告訴自己，跟大姊和父親會對她說的話一樣。他們會要王碧蓮忍耐，這也是她遲遲沒有告訴他們自己已經在外面工作並和丈夫分居的原因。她只知道，她不想再活在恐懼之中，她要為自己尋找出路，或著說，活路。

既然如此，為什麼淚水會止不住呢？為什麼胸口還是刺痛不已？

莫非自己心裡還抱持著一絲冀望，希望對方會開口要她留下來？

明明知道已經回不去，明明知道自力更生對自己最好。

到底是哪裡出了錯？當初又是為什麼而結婚？

——這些都已經不再重要。

在廁所換下制服的王碧蓮收回思緒，給鏡子裡的自己一個微笑，準備打卡下班。

向店長和晚班同事道別，步出店門前，王碧蓮看到襯衫先生還在和筆電奮鬥，猶豫是否要向對方打聲招呼。躊躇三秒，最終決定推門離開，剛好錯過對方抬起頭來的視線。

落日餘暉，透過樹葉灑落在人行道。

王碧蓮在城市另一端的咖啡館倚窗而坐，觀察熙來攘往的過客，享受難得的悠閒，等候小妹王碧玉的到來。

「二姊！」雙方打完招呼，王碧玉先讓伴侶坐進裡面，自己再坐到伴侶旁邊。

「小玉，我真沒想到妳會反抗爸耶，我以為妳只是不會再帶個男生回家假裝是男朋友而已，想不到妳會真的跟爸攤牌。」

「我帶毛毛來正是要謝謝妳。如果不是二姊妳跟我說妳的事，我可能還不敢。看妳自己一個人還那麼勇敢，我有毛毛和妳的支持，根本不用怕。」

「沒有啦，我只是想提醒妳不要跟我一樣傻傻地嫁，什麼都聽老公的，沒想到妳會直接——不好意思，毛毛在我還說這些。」

毛毛忙搖手：「不會不會，蓮姐妳說得很對，女生要懂得獨立，不管有沒有嫁人、有沒有基本收入都一樣。」

「真的，二姊妳看，跟女生在一起多好，像這種事情不用說馬上明白，知道身為女生的辛苦，可以互相體諒，沒有誰壓誰的問題，而且我們家的毛毛還特別貼心，知道妳喜歡看書，所以買這套漫畫要給妳。」

毛毛會意，把身旁的提袋拿給王碧蓮：「這套《水都物語》是講水族的漫畫。蓮姐妳一個人住，可以考慮養一缸魚作伴。」

「怎麼這麼好，謝謝毛毛。」王碧蓮受寵若驚地收下提袋，同時想起什麼，從包包裡拿出《異世歧路》給小玉：「這本還妳，我後來終於知道妳為什麼特別要跟我說喜歡哪幾個結局，原來是為了毛毛啊。」

「不愧是二姊！我知道二次元和真人不同，可是想不到其他方式。上次通電話的時候，很怕妳說不喜歡這種結局，我會不知道怎麼開口。」

「放心啦，妳二姊我雖然比較喜歡看 BL，可是也不是不能看百合，就算我都不喜歡，也不代表我無法接受同性伴侶啊。何況同性婚姻都已經通過這麼多年，連日本都合法了，我反而不懂爸在反對什麼。」

「放不下男性的主導權吧，看看到現在還是有那麼多說教男，太習慣父權社會的好處，還想用那一套來控制女人。」

哪有人這樣說自己的父親的。王碧蓮好笑之餘，同時感慨小玉的蛻變：小玉出櫃後，似乎全部豁出去，不再是那個父親說什麼都好，卻也沒有存在感的么妹。

「二姊，妳真的要去做什麼女力覺醒的志工嗎？」

「嗯，我先去看情況，妳們有興趣再一起，促進台灣女性的覺醒。」

襯衫先生說的沒錯，無條件基本收入制的實施，不但保障生存權，更要讓一般人有機會選擇想要的工作和生活，然而還是得要人民有自覺才行。這番話讓王碧蓮想起自己和身邊的人，特別是女性。如果沒有自覺，給再多福利、權利都沒用，只會淪為有心人利用的工具、覬覦的對象。

「妳們兩個現在是租房子一起住嗎？」

「對啊，以前住家裡我會把基本收入給爸，既然他堅持我只能嫁給男生，不然要跟我斷絕關係，我除了搬出來還能怎樣，當然先用基本收入來繳房租。」

「哈哈跟我一樣，我也是搬出來用基本收入繳房租。」

「啊對，我後來想到，二姊夫會不會反過來告妳不履行婚姻義務什麼的？」

「我當初也是怕這樣，明明是他把我趕出去，如果他反過來告我怎麼辦。還好我律師朋友很多，他們建議我請他簽『分居協議書』，證明是我和他共同決定分居的。」

「他簽了嗎？」

「簽了。我本來也怕他不會簽，還好他沒有發現 2025 年已經通過民法修正案，只要五年內累計分居達三年，夫妻雙方都可以請求離婚，不像以前，要離婚很難。如果他知道我表面上是在賭氣，事實上是在準備離婚，可能不會簽得這麼乾脆吧。」

「對啊，聽妳說他很愛面子。」

王碧蓮表情一滯。沒錯，即使張立祥不想離，也絕對不是因為對她還有感情，說不定連「還」這個字都是多的。何況她已經不是當初那個好掌控的王碧蓮，已經知道什麼是「煤氣燈效應」，既然無法從她身上滿足掌控慾，那唯一他不想離婚的原因只會是面子，例如被陳太太說幾句，就對自己發脾氣，一樣的原因。

「怎麼了？」王碧玉看姊姊半晌沒回應，出聲詢問。

「沒什麼，其實妳不用再叫他二姊夫了，我前幾天已經辦好離婚手續，今天約妳們出來，除了看看妳們，也是想跟妳說這件事。」

「哇，恭喜二姊，脫離苦海！」

「恭喜蓮姐，重獲新生！」

「還好啦，日子還是一樣，只是心情上比較輕鬆一點。」

「這樣是不是要來吃大餐慶祝一下？」

「不用啦，喝咖啡就好，我只請得起咖啡。今天沒準備見面禮，咖啡我來請。」

「不行不行，我們有兩個人，當然是我們請，毛毛妳快去付錢。」

「毛毛妳如果去付錢，禮物我就不收囉！」

夾在中間的毛毛，看著爭執不下的兩姊妹，靈光一閃，想出一個好辦法：

「我知道了，咖啡讓蓮姐請，等一下蓮姐『陪』我們吃大餐，餐費我們出。」

歡笑聲隨著開闔的玻璃門溢出室外。

天色雖然逐漸暗淡，總有路燈會接續亮起。

無論自然或人工，無論宏盛或稀微，只要心中有光，我們就有希望。

肺腑之言

曉由
Hsiao Yiou

台灣漫畫家、小說家。曾任台灣指標性文創工藝品牌形象總監，後專心投入個人創作跑道，擅長在地文化的觀察、體悟與詮釋。已出版長篇漫畫《杯底不養金魚：美酒環島日記》。

他佝僂著背，坐在銀行封閉式櫃檯的包廂內，看起來非常渺小。這副身軀曾經支撐著他站在高檯上，對著底下的支持者們喊出鏗鏘有力的口號，迎接海潮般的掌聲。但如今，迎向他的卻只有一股單薄的年輕女性聲音，以甜美音質盡力掩飾機械音頻的冷漠，迴盪在這間狹小的封閉式包廂內。

「請問您確定要為您的帳戶『PFJY-7465-02173』辦理定存解約嗎？」

「不然呢！」彭奕南用他一慣的不屑語氣抱怨著，他實在非常討厭現在到處都是AI服務員。

「好的，彭先生。」AI行員依舊態度愉悅，「但要稍微請您見諒，由於您的帳戶金額龐大，所以依銀行法和我行規定，我們將轉由真人行員為您服務，這將為您提供更好的服務品質。還請稍待片刻。」語畢，投影出擬真AI行員的虛擬光幕隨即消逝，露出了小包廂內光幕後方的另外一側，也是一個小空間，放著一張和他自己正坐著的那張單人沙發一樣舒適的椅子。

「搞什麼？」彭奕南皺起眉頭，非常不悅，因為這個小空間讓他想起警局的會談室。以前他在街頭抗爭時，有幾次被請到警局的經驗。那裡的小空間和這裡一樣舒適，但在他看來就是不懷好意。

幾分鐘後，一位年輕女子身穿套裝，拿著文件和數位裝置，幹練地從對側的門進到小包廂。換了個真人，反而長得更醜了！——彭奕南心裡嘲笑著在對面坐下，滿臉笑容的女子。

在簡單核對過基本資料後，女子將手上文件遞給他。「彭伯伯，我跟您說明一下喔。您的帳戶在之前已經期滿過一次二十年的定存了。在八年前您又續約了十年定存，但目前合約還要再走兩年才會期滿，如果現在解約，這八年的利息就會依照規定，以目前實存金額的單利八折計息。所以啊，伯伯您如果沒有急需，要不要等兩年後期滿再轉活？」

一大堆數字流過，他聽得很迷糊，這搞得好像是什麼考試似的，讓他覺得很被冒犯，但關鍵還是真人行員的最後一句話，給他的心頭刺了一下。

「什麼急需？我看起來很窮嗎？現在的年輕人都這麼沒有家教嗎？居然講出這麼不得體的話！你們這家銀行從好幾年前就轉什麼虛擬服務員，當時我就非常看不過去。老是想節省人力訓練的成本，結果就是搞出你們這種自以為是的年輕人。」

女行員被眼前這位削瘦、駝著背的中年阿伯的巨大嗓音給嚇了一跳，但對方沒有就此饒過她。「說半天你們就是不想讓我取消定存嘛，大費周章換了一個真人來，其實就是想要半哄半騙，綁架我的錢來繼續為你們的大機器做牛做馬！」

「不是的、不是的！」女行員很焦急，「主要是您的帳戶金額很大，現在的老年詐騙又多，所以才需要轉為真人來判斷……」女行員馬上就發現自己說錯話，但已經來不及了。彭奕南硬是板直了上身，在包廂內大吵大鬧，無論是警衛或銀行經理來安撫，都無法得到這位年屆中老年男子的諒解，最後銀行方實在逼不得已，只得報警。

被請到警局的彭奕南卻一改前態，既不張揚，也不渺小，而像是張繃緊的網，或是隻受驚的年邁雄獅，一語不發地僵持在位於警局會客區的另一張單人沙發上。但他沒想到的是，其中一位警員認出了他。

「咦？您不就是大概七、八年前，那個滿有名的社運領袖嗎？」

糟糕了！怎麼辦……對方是哪一邊媒體的記者？是落井下石的支持者？還是敵方政黨的說客？他……應該回應嗎？還……還是先……暫……他不行……不行，得先……我……

「伯伯、伯伯！沒關係，沒有關係的。」一名看來相當資深的警察，蹲在彭奕南面前，用溫柔的雙眼直視著彭奕南，「我們沒有人會拋棄你，我們都會在這裡陪你的。」

彭奕南回過神來，發現自己仍好端端地坐在警局的單人沙發上，但周圍的警察全都面露關心地圍在他身邊。他們說，自己剛剛似乎陷入了好一陣子的恍惚狀態，期間一直斷斷續續地懇求大家不要拋棄自己。

「我才沒有說過這種話！」

他忍受不了這種誣陷，更受不了這些年輕人的眼神，於是大聲地反覆強調自己的立場，結果一位看起來最資淺的警察脫口說可以調出錄影畫面做為證明，這句話反而像是一巴掌甩來，氣得他不可開交。但終於，鬧劇也會落幕，從銀行離開的幾個小時後，彭奕南隻身走在回家的路上，回想這耗時一日的鬧劇。

是啊，又是一場鬧劇——一股猛烈的沮喪感襲捲彭奕南的心頭。類似的事情已經不是第一次發生，他知道自己和自己的人生都可能有些失控了。而這一切的源頭，是因為他的世界充滿了「背叛者」。

第一位背叛者，就是他的前妻。十五年前，他曾是一個成功的藥劑師，但因為和就職的診所理念不同，所以決定自己出來開業，卻因為政府在執照上的刁難，結果創業失敗。當時他頓失存款和穩定的收入，前妻變得看不起自己，幾年後就離婚了。好在先前他曾將自己的藥劑師證照私下租借給一位想在偏鄉開設醫院的學弟，所以這張他憑藉著苦讀而換得的證照，仍是給了自己一份持續的收入。於是，他不再當藥劑師，即使生活因此變得比較拮据，他仍轉而投身「反對UBI」的社會運動。

UBI，即「無條件基本收入制」，是指所有成年公民將毫無條件限制，在每個月收到一筆由國家發放的定額，提供基本生活所需。政府號稱，這是因為當科技進步至超自動化的時代，各項成本大幅度下降，人力被大幅度取代，而必然迎來的新趨勢。但即便如此，民間反對的聲浪一直存在，即使在當時這個制度已經實施了十幾年，卻也因為「無條件的發錢」而引發了很多社會動盪。

彭奕南其實一直都很不喜歡UBI制度，但他本來並沒有多想，畢竟能多拿一筆錢，有什麼不好呢？所以，是前妻的背叛讓他知道UBI究竟是哪裡出問題了！那就是人們會因此不懂得他父親一直以來教導他的道理——努力才有生存的資格。

自打記憶以來，彭奕南的整個童年時期都不像其他孩子那樣懶散，而是在拼命讀書，入職後也拼命工作。他對於生活的花費非常謹慎，才終於擁有數字漂亮的存款、位於大都市的房子與豪車。但，就是因為有UBI這種爛錢，才會讓他的前妻以為不用努力就有資格獲得這一切，甚至最後還因為自己一時的失足而背叛自己。

這是不對的，他要去矯正這個社會。

當時，社會上有很多反對 UBI 的公民團體，而且特別的是，居然左派右派都有，所以各種訴求集結在一起，一時聲浪相當巨大。而相比一些較年輕的左派團體，或由企業主導的右派團體，他選擇加入強調傳統價值、性別倫常的極右團體，並以一位辛苦養家卻失去工作和婚姻的悲情藥劑師，成為該團體的標誌性人物。

彭奕南回到了家，這個房子對一個人來說實在過大，但被各種抗議看板、活動海報與布條、成堆成箱的傳單和宣傳小贈品（因為他們不走數位那套）、折疊椅與大聲公等物品塞滿了每個角落，反而顯得極為侷促。他看向某張被隨意攤開在椅背上的海報，上面大大印著當年他在街頭上疾呼的口號——「UBI＝不負責和貧窮的起點」、「保護家庭價值與性別秩序在即」、「家庭是社會最小分子，阻止 UBI 殺死家庭」。當然還包含他拿著麥克風做出最有力量的吶喊：

「我失去的不只是家庭，而是尊嚴、是身為一個男人的角色。」

彭奕南很喜歡這句話，也很喜歡他所在的團體。他們的團體雖然不大，但裡頭都是和他相似的社會菁英，他們優雅、高貴、智慧、自律，而且不會像大企業那樣市儈和目的性明顯，所以，他們才是這個社會真正的領頭羊。但事與願違，過了沒有幾年，反對 UBI 的社會運動就失去了熱度，許多和他們訴求不同的團體都選擇從街頭戰場下陣，轉型成協會或智庫，成為政府制定政策的協作團體，或關注 UBI 制度下更聚焦的議題。在他看來，這就等於是和 UBI 制度妥協了，是價值的淪喪，更是對他的第二個背叛。

結果，他自己所屬的團體也漸漸式微，能募得的資金越來越少，核心成員也紛紛離去，只剩下包含他在內的幾位成員，會固定到某些地方貼標語。那些離開的夥伴，就是第三個背叛者。

十五年的時間就這樣過去了啊？——彭奕南在客廳整理出一小塊空間，把那些傳單、海報，搞社運時期的東西們一一打包進空紙箱裡，心中開始細數第四位背叛者，就是和自己租用證照，在偏鄉開醫院的那位學弟。

大概在半年前的某一天，學弟突然帶了貴重的禮物直接上門拜訪，說是醫院經營得很順利，總算擴大了規模，所以會聘請正式的藥劑師，將不再和學長租用證照了。學弟很抱歉地說，當然也想過可以聘雇學長，但他們只是個偏鄉的小醫院，而且學長似乎很多年都沒有再次取得「AI 人機共作憑證」，再加上學長在街頭演講時也經常控訴AI藥劑師系統是對專業尊嚴的侵蝕，是科技暴政，所以……學長應該也沒有意願吧。

彭奕南什麼話都沒有說，接受了這個結果，但內心想的是，又一個背叛者。因為他深深記得學弟在臨走時，勸他可以找點別的事情做，畢竟社運這種活動，常常要把自己放在風口浪尖，難免會受傷。哼！學弟一定是在暗指他因為在社運上指控前妻，結果被媒體挖出家暴前妻的事情，簡直莫名其妙。

但現實是，現在他身上只剩下UBI的爛錢了。一直以來，他都沒有使用這筆來自政府給的錢，一開始是不屑使用，反正自己也很能賺錢，但後來卻是不能使用，因為他已經成為反對UBI的代表人物。他一直把這筆錢都存入定存帳戶，但最近幾個月他反覆檢查自己的財務狀況，發現一切都走到頭了，他居然真的把自己活到必須去使用UBI的錢。

這陣子他常常發生精神恍惚、時間忽然流逝的狀況，加上財務的困境，他已經不可能再繼續他的社會運動。但去找工作嗎？他這輩子只做過藥劑師，也從沒想過其他可能，現在更不可能再回頭去當藥劑師了。

他的一切都很好，藥劑方面的知識，或是身體，都絕對沒問題。但他卻不知道到底該怎麼辦才好？

去死嗎？

///　///　///

這是一間乾淨、舒適的辦公室。空間很新，但裝潢很簡單，東西也不多，只放了需要的設備和文件，整體稱得上樸實無華。作為一家頗有規模的垃圾回收廠，這裡的一切都和彭奕南腦中的既定印象很不一樣，當然他也不知道該對垃圾回收廠有什麼印象，是應該要充滿高科技的尖端設施？還是應該破舊雜亂又瀰漫酸臭味？

事實上，就連回收廠所在的這座小鄉村都和他想得很不一樣。彭奕南因為節省，所以幾乎沒有出遊的經驗，幾十年的人生都鎖在大都市裡過活。他知道自己打從心底有一點瞧不起鄉下地方，但這裡就和這間辦公室一樣，讓人感到放鬆。

坐在對面的面試官，是個歐巴桑，自稱淑會姐。「啊，不過我們年紀差不多，你叫我淑會就好啦。」

淑會介紹這裡叫做「迴流田」，是一座以資源再生為主要業務的新型共生鄉村。淑會的職稱是鑑物師，負責檢視 AI 對垃圾分類的判讀結果，並處理 AI 所無法理解的倫理垃圾。淑會是在地人，做這一行已有二十年，所以也是鑑物師的培訓官。另外，淑會還是這一區的里辦公室的康樂組長，平時更會在自己的小小農莊裡經營週末醃漬教室。

「這樣想想，其實醃漬教室好像才是我的主業，哈哈，歡迎週末來玩唷！」

淑會在簡單看過彭奕南的履歷後，問起為何會從都市大老遠跑來這裡應徵工作，彭奕南回說因為先前在整理家裡，所以找了回收業者，也就是這家……「迴流田」，結果在對方收件的時候，看到了徵才的傳單。彭奕南心想，那時堪稱他人生最低谷的時候，所以乾脆就把自己放逐到垃圾堆裡去吧。結果淑會聽了卻相當開心，「這真是美妙的緣分！」

很快地，淑會就決定錄用彭奕南。她說資源再生廠的部分是排班制，每週只需要上班三天，其他時間除了鄉村共生的事務需要參與以外，非常歡迎經營自己的第二事業，因為這樣鄉村才會活絡嘛！

彭奕南完全無法理解這種運作模式，這些都是什麼跟什麼！不過，雖然被錄取是件好事，但在走回臨時住所的路上時，他的心裡卻滿是焦躁，因為方才淑會在確定要錄用自己之前，又仔細閱讀了他的資料，並且似乎嘆了一口氣。這……自己可是有著深厚的文憑和工作經驗，還以藥劑師之姿屈就到這種鄉下地方工作，難道還沒有資格嗎？但，彭奕南又緊張地想起，自己其實也十來年沒有正職工作了，而且對方可能已經知道自己參加過社運，這會不會扣分呢？

一進入住所，彭奕南就焦慮地想找些事情來做，但這裡和以前的家不一樣，空空蕩蕩、冷冷清清，沒有布條、海報、標語，什麼都沒有。他打開自己的帳目文件，看著那筆被解除定存的存款，客觀來說數字並不難看，尤其和社運時期的人生階段相比，可說是非常滋潤了。不過，因為搬家等各種庶務花費，數字似乎比上次查看時又少了一點。他要賺錢！就先從這份工作開始，然後再想其他辦法來賺更多的錢。

沒多久後的一個週末，彭奕南參加了一場實在難以推辭的里民晚會，因為是淑會主辦的，所以不得不要忍受除了上班時間以外的熱情淑會。里辦公室是位於村子裡一處小臺地的獨棟建築，樣式相對老舊傳統，但維護得很好。現場空地搭起了簡單的帳棚和桌椅，很多里民都聚集在一起聊天，晚會以在地有機農作物所料理的自助餐點形式進行，氣氛相當自在和樂。

里民們對於彭奕南的加入非常歡迎，因為這裡比較少從城市來的人，所以大家圍著他七嘴八舌地發問，即使他都不太回答，大家還是笑成一團。這些在彭奕南看來實在愚蠢無比，鄉下人讓他渾身不自在，年紀大的人愚昧又不知邊界，年紀輕的則看起來沒有教養又自以為是。

不過，他注意到在聚會中，有一個少年和自己一樣安靜，而且也和自己一樣，在吃完盤子中的食物，要再去拿新的食物時，會先用衛生紙把盤緣給擦過一圈。不過，少年卻把擦過的髒衛生紙直接放進了口袋，這可不行，他要去給他好好地教育教育一番！

結果，少年竟因此纏上了他。雖然少年似乎不太愛說話，但整場晚會都緊貼著自己的行動，感覺就是非常喜歡自己。這也讓其他里民覺得很逗趣。淑會說，這應該是因為少年的生父聽說也是個大都市來的人，所以會覺得彭奕南有某種親切的氣質吧。這位少年叫阿川，其實非常可憐，在年紀很小的時候就被丟棄在這個陌生的鄉村。不過里民們都很熱情，輪流接濟、照顧他，最後少年就不知不覺地以里辦公室為家，在這裡長大了。

「這也太離譜了吧，難道沒有戶口？」

「當然有啦！」淑會笑著說，「他大概是六、七歲的時候被丟到這裡，隔年就給他申請戶籍了。我們這裡沒有大型的福利院，不過有『社區共保照護制度』，所以就是由里辦公室的幾位核心成員共同擔任監護人。

「還有這種事情？所以是因為沒有固定的爸爸媽媽，他才這麼安靜？」

「欸……也不算是……」淑會指了指自己的腦袋，「他這裡不太好，就是弱智啦！」

彭奕南睜大眼睛看了看在一旁事不關己的少年，忍不住問淑會：「他現在幾歲了？」

「十六歲。」

這真是個奇異的狀態，發生在如此讓他感到奇異的小鄉村——彭奕南心裡默默地想著。不過這時，淑會卻藉機把他拉到比較安靜的地方，說想要趁著不是上班的時候，和他說些事情。淑會說，在面試時，依照規定，有請他填寫一些身心狀態的自評表格，而淑會看過結果後，感覺他可能需要一些協助。

彭奕南不敢相信自己的耳朵，「什麼身心協助？我怎麼可能會需要？拜託！我自己就是從醫人員，我還會不清楚自己的狀況嗎？妳真的是瘋了！我可是一個知名的社運領袖欸！」

「社運？」最終兩人不歡而散。

彭奕南氣得可以，覺得對方根本不可理喻。不過沒關係，反正不跟這種蠢女人一般見識，但……接下來的幾天，彭奕南的工作表現變差了，而且越來越差。

作為一名初級鑑物師，這其實是一份很簡單的工作，因為還只需要處理由 AI 篩選出來而無法藉由 AI 做細緻判讀的垃圾，比如複合媒材與受污染垃圾。這個過程非常簡單，幾乎可說是有常識就能執行，但彭奕南不懂為何鑑物師還需要時常進修課程、經過級別評量，才能晉升為高級鑑物師。淑會說，高級鑑物師要進行「文化性識別」和「倫理性識別」的分類工作，甚至在未來，「迴流田」還希望能發展出以遺物處理回饋在世人心理支持的深層服務。但彭奕南心裡想的是，這些全都是垃圾，都是擁有者已經不要的東西，就代表毫無價值。

這時，他發現少年阿川也在回收廠裡幫忙，雖然看起來只是打雜、搬搬東西之類的，而不是做鑑物工作，但表情卻十分滿足，這讓他看得很不爽。他想起少年今年十六歲，也就是再兩年就會成年，可以開始領 UBI 的錢。這麼廢物的少年，居然也可以每個月獲得和他一模一樣金額的錢，而這筆錢還是他現在最重要的收入來源之一……彭奕南覺得阿川根本沒有資格拿這些錢。

每次想到這件事，他就更加焦躁不安，他甚至好幾次感覺到自己似乎又要進入精神恍惚的狀態。這可絕對不能發生，但他卻完全不知道該怎麼辦是好。他也因此變得渾身帶刺，與每個同事都發生過激烈口角。

所以，又過了一陣子，淑會把他叫進辦公室，非常和顏悅色地告訴他，自己已經用他在面試時提供的個人資料，幫他申請了國家的AI諮商師服務。淑會細心補充，說這雖然叫做諮商，但不會是真的心理治療，其實就是個聊天的對象，不過，絕對和市售那些「聊天夥伴」完全不一樣喔！「奕南回家後都是自己一個人，有人聊天也不錯吧。」

他感覺這輩子沒有這麼憤怒過，甚至比收到前妻提出離婚訴訟的開庭通知時，還要更氣憤。他當下就提出辭職，轉身立刻離開回收廠。可是，一回到住處，室內卻響起了一個年輕女性，羞怯、但明快又友好的聲音：「你好……哎呀，真是不好意思，我們是第一次認識，但可以和你當個朋友嗎？」

彭奕南愣住了，完全無法理解這是什麼情況，於是那個聲音又發聲了，「如果你願意的話，那我就先自我介紹囉？」

這名陌生女性的聲音一直流過，但他沒有聽進去任何一個字，他甚至無從思考聲音的由來，因為他的腦中出現了一個身影，是他的前妻……

他感到無比震驚，自己不是已經有至少十來年沒再想起過這個人了嗎？不對，前陣子決定要搬離都市時，有想起過這個賤人一次。那……是因為這個聲音很像前妻嗎？他無法確定，因為他根本記不得前妻的聲音了。可是為什麼還會想起前妻呢？

啊！——他頓時領悟，這個聲音應該就是淑會說的那個AI諮商師？這個混帳，居然侵入到我的個人空間？彭奕南開始東翻西找聲音的來源，其實就是他書桌上個人裝置所發出來的。因為一時動靜很大，AI諮商師馬上就安靜地離開了，但他還是氣得把音箱給摔到地上。現在，彭奕南喘著大氣，狼狽地坐在自己住處的走道地板上。他環顧四周，焦急地站起身，翻出自己的帳目資料，卻怎樣都記不起來上次檢查帳目時，數字是多少……

等他再次回過神時，天已經黑了。他不願去回想自己剛剛是否又陷入了恍惚狀態，也不願去查看時間究竟虛度了多久，他一心只想著要讓淑會付出代價，他要告對方，要讓對方賠錢、賠名聲、賠上一切！於是，他二話不說地衝到里辦公室（因為他也不知道淑會住哪），卻發現整棟里辦公室一片漆黑，只有靠近後院的一樓角落房間，燈是亮著的。

他安靜地走向那間房間，從微幅開啟的窗戶向內偷看。那是一間給人居住的套房，有床、有桌椅，還有少年阿川。

阿川一語不發，正如這間無聲的小套房，專注地讓人屏息。少年正站在房間的中央那塊僅兩米見方的空間中，扭動著身體，一會側身聳肩舉手，一會後仰望天抬腳，像空氣中有著無形的力量，似風似水地在推動那副削瘦的十六歲身軀。

彭奕南看得非常迷糊，這是什麼症狀發作嗎？還是腦子真的傻了？但看著看著，居然好像看出點什麼了。阿川扭動的樣子，似乎有些意思，他不確定是因為帶有某種節奏或態度，但可能是在……跳舞？

沒有音樂也能跳舞嗎？

彭奕南一邊疑惑，一邊心想，這可真是詭異的畫面，不只是房間內這位無聲扭動肢體的智力障礙少年，還包含躲在窗戶外邊偷看，一語不吭的中年阿伯。若這時被人撞見了，還真是無從解釋。但是，他看得好入迷啊，而且看著看著，他赫然發現自己的腦海裡，不知道從何時開始，也有了音樂……

咚噹咖、咚噹蹦恰——
琤琤嗚嗚，竄入琴瑟弦聲，
穿梭在鼓點間，
拉扯，前後拉扯，形成錦布；
織網鏤空處混入了
一些碎片般電子合成器的質地，
隨著聲波山形的突出，凝為骨幹……

分明雜亂無章，卻彷彿將他這一生聽過的非語言，都濃縮在了這一刻。

這是怎麼回事?自己是怎麼了嗎?這是超自然……欸不對，心靈感應……真荒誕。彭奕南感到心中產生一種非常噁心的感受，對這個情境感到噁心，也對自己感到噁心；但同時，他也覺得很感動，一種感動到想哭的程度。天啊……

幹!哭屁啊你!——彭奕南沒有真的說出口，但為了阻止自己，他在心裡忿忿地對自己爆出粗口。然後，他將身體站離了窗戶一步，嘗試給自己一些空間來重新理解自己。原來他不懂的事情還太多了。

但他確定的是，他希望少年不要停。

回到住處後，彭奕南對著空蕩蕩的房間：「你在嗎？」

「你回來了？」仍是羞怯、明快又友好的聲音，看來音箱沒有壞。

隔天一大早，甚至還不到上班的時間，淑會親自來到彭奕南住處的門口，提著一罐漬得很透的無花果，為自己前一天無理的行為道歉。淑會滿臉緊張和膽怯，反覆說自己不該擅自去幫別人申請，這真是自大又自以為是，並懇求奕南能夠原諒自己，也問奕南是不是真的要離職？

彭奕南心想著，女人果然都很雞婆，不管有沒有工作能力都一樣。但他只說了「沒關係。」

之後生活一切照舊，但一開始，彭奕南幾乎都沒和 AI 諮商師說話，所以每天除了剛回住處或睡前時，AI 諮商師會發聲問候以外，空間內仍是如往常般寂靜。直到八個月後的某一天，彭奕南開啟了對話，因為那天他看了一場很振奮人心的球賽轉播（這是他的新嗜好），實在非常需要找人開懷聊一下。

自此，下班後的人生稍微熱鬧一點了。也幾乎是在差不多的時間開始，他的工作越來越順暢。他和同事們的關係變得比較融洽，特別是和阿川。他們倆很常在回收廠如影隨形地一起工作，被人笑說像是父子一樣。

阿川其實真的很傻，除了有基礎的生活能力以外，記性不是很好，也不太有時間感，更別說理解比較複雜的句子。彭奕南覺得這樣的相處很好，不用說太多話。

他也發覺，阿川和自己年輕時真的很像，他們一樣都瘦乾乾的，很內向，有禮貌，但同時也藏著一絲纖細但不羈的天真。他們也都一樣很愛乾淨，雖然彭奕南還是很難理解阿川是怎樣長大的，但也許拋棄阿川的父母，也曾經和自己的父母一樣，非常重視整潔教育，所以才讓少年記在骨子裡了吧？

當晚，彭奕南和 AI 諮商師聊起這件事時，諮商師問起了彭奕南的父母。這是他們第一次聊到他的家庭。在此之前，他幾乎沒有和別人聊起自己家庭的記憶，他知道自己並不擅長此事。但奇特的是，這一次彭奕南的腦中蹦出了一句話：「終於問到這個了」，而且他覺得自己似乎是準備好了。

再一個月後的某個週間，他刻意排了休假，帶阿川去隔壁鎮看一場很小的在地高中生球賽。球賽之後，他們坐在球場邊聊天，他和阿川表明，想要領養阿川，做阿川的爸爸。阿川花了好幾秒鐘去理解意思，然後突然不停地大叫，聲音甚至辨別不出是什麼情緒，並且在座位區上下亂跳。然後，阿川緊緊地抱住了他。

不過，當他向里辦公室提出希望轉移阿川的監護權時，大家都亂了套。

「這……我們大家也確實在想，阿川長大後，可能需要經過成年人行為能力評估，到時如果被鑑定為需要指定監護者，那怎麼辦……但，你突然這樣提出……我們需要好好想一下，因為我們甚至……哎，我們甚至還不那麼認識你啊！」里長躊躇地這麼說。

又一個月後，里辦公室的五位監護代表，包含淑會，約了彭奕南招開一次監護討論會議，因為其實他們自己內部的意見也不一致。

一開場，幾乎沒有寒暄，其中一位代表就提出了銳利的問題：「我去查過你的資料了，你曾經是反對 UBI 的社運發言人。當年的 UBI 制度給我們村子很大的幫助。因為像我們這種小鄉下，根本就沒有什麼資源和機會，我們拼了命想要發展，但年輕人就是一直往大城市去，根本無法做什麼地方翻轉。但是自從有了 UBI 後，年輕人不再離開了，村子裡的一些好東西，自然啦、文化啦、歷史啦，居然可以有機會鹹魚大翻身，成為有價值的東西。但是，你在社運裡面的那些發言喔，自詡是什麼醫藥界的精英，我根本無法信任像你這樣的人。」

淑會很抱歉地接話：「你上次和我說到社運，我就記了下來，所以就和他們說了。」說完又轉向剛剛那位代表：「社運本來就是會有各種各樣的聲音，當時很多社運團體的說法我們也很贊同啊。而且，這一年來和奕南相處之後，我感覺他真的變了很多。」

「這種事情哪是看外在就看得出來？他還有爆出過醜聞，不但家暴前妻，傳聞還說他一直在盜領他妻子的 UBI。我合理懷疑，他想要阿川的監護權，就是為了一年以後，等阿川成年，就可以直接拿走阿川 UBI 的錢！」

彭奕南的心頭被狠狠敲中。天啊，他好像真的是這麼想的……第一次見到阿川時，淑會說阿川只有十六歲，那時他就特別記住了這個數字。他其實一直都很不甘心像這樣智能障礙的少年可以平白獲得一筆穩定的收入，所以他無法否認這個念頭是真的曾經出現在他的腦子裡。但，是什麼時候消失的呢？

彭奕南看向眾人，發現眾人也看向他。這次，淑會無奈地皺起了眉頭，沒有再幫自己說話，但他理解到，淑會的眼神不是希望自己要去辯駁什麼，而是希望能多認識自己。

終於，里長開口說話，「你很少分享你自己的事，但你也確實和剛來的時候很不一樣。你願意說說自己的事嗎？」

他低頭想了一想，謹慎地開口，「如果我說了一些……我自己的事，你們願意聽嗎？」

方才提出尖銳問題的代表立刻回話，「當然願意啊，又不是我們不聽。」

里長嘆了口氣，稍微沉澱了幾秒，才直視彭奕南的雙眼說道，「你慢慢說，說你想說的就好。」

彭奕南說，他生長在一個很普通的家庭。父母都是非常關心他的，因為生活過得很好，吃穿都不缺，就只是不太和他說話。父親從小就對他很嚴厲，教導他很多的道理，所以他很快就學會了屬於男人的紀律和奮鬥，知道一個男人必須體現出自己的功能和貢獻，才能證明自己的價值和資格。因此他拼命讀書、努力賺錢。唯獨可惜的是，父母沒有教導他該怎麼和人說話，這也導致他的藥劑師職涯因為AI加入後的新生態而被迫脫隊。他的父母彼此之間也很少說話，後來應該是同樣的原因，母親和父親離婚，從此離開了他的人生。

他曾經認為，原來父母親才是他人生中的第一個背叛者，因為這個世界從他們離婚的那一刻開始，都太爛了，就該被毀滅！

不過他終於發現，他其實希望的是，這個世界不要拋棄他。

他確實曾經對前妻家暴，也盜用前妻UBI的錢，這些都不是傳聞，因為當時他覺得自己有權剝奪那些被他認為沒有價值的人。不過現在的他終於認識到自己最害怕的事情，就是被人發現自己曾經盜取別人的UBI，因為那證實了，他之所以會一直被拋棄，其實是自己造成的。

「阿川他其實一點都不像我，因為他是一個美好的靈魂。」彭奕南認真地說出每一個字，「所以，我不想拿取他的任何錢，現在我最想做的事，就是好好生活、賺到自己應得的錢，然後把我的那份 UBI 的錢，給阿川去上一些現代舞之類的課程。不然他成年後，沒有更多的生活技能，如果光靠政府那筆 UBI，就會只是活著，而沒有辦法發展他自己。但是，他絕對值得更好的。

我想要開始好好對待真正重要的人。這些都是我的肺腑之言。」

▨ ▨ ▨

今天的工廠還是運作如常，彭奕南用左手扳開右手中指的板機指，讓手指靈活靈活，並按下產線暫停運轉的按鍵，結束上午的工作。中午用餐時，淑會穿著不曾見過的幹練套裝出現在餐廳，讓彭奕南很驚訝。

「幹麻這樣看我啦！」淑會有點不好意思，「這是因為我剛剛在接待一批高官啦。我們村被選為示範村，一個月後的全球蓋亞高峰會，會帶國際考察團來我們這邊。所以你們都要上緊發條啦！尤其是你，雖然最近工作越來越順手，但還是太慢了！」淑會越說越得意。

「我無法更快了。」

「因為你毫無節奏感啊！像是阿川在工作的時候，不管是走路還是搬東西的姿態，甚至是動作順序的選擇，都是有節奏的。他雖然只是搬東西，但效率比你多好幾倍。你們以後就要住在一起了，要多和他好好學習學習啊。」

更換監護的事情，最後在淑會的幫助之下，順利完成了。以後他下班回去，就會有兩個聲音在等待他，這樣比較像個家。

「淑會，真的很謝謝妳。我想你們都知道，我還有一個女兒，已經有十六年沒有見過她了。」

淑會微笑看著他，沒有回話。

在彭奕南的心裡，還有一句「對不起」差點說出口，但他忍住了。因為他知道這句話其實應該是要對他的前妻和女兒說的。他也知道，他可能這輩子都再也沒有機會向她們說出口了。所以，他會把這句話永遠放在心裡，好好承擔這份應當的愧疚。

UBI
TAIWAN
UNCONDITIONAL
BASIC INCOME

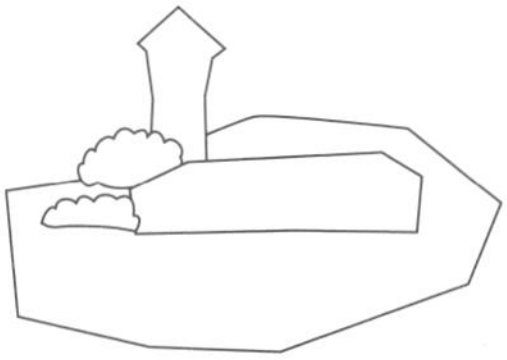

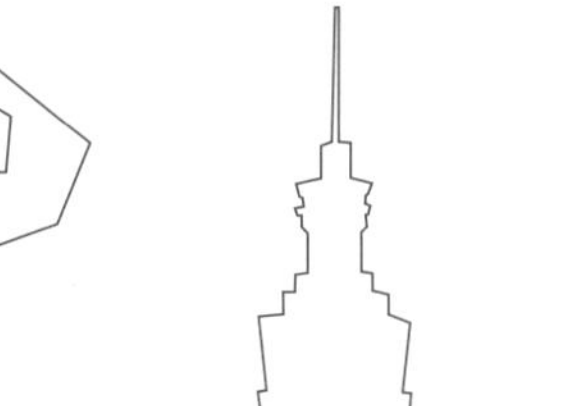

特別收錄

認識「UBI Taiwan 台灣無條件基本收入協會」

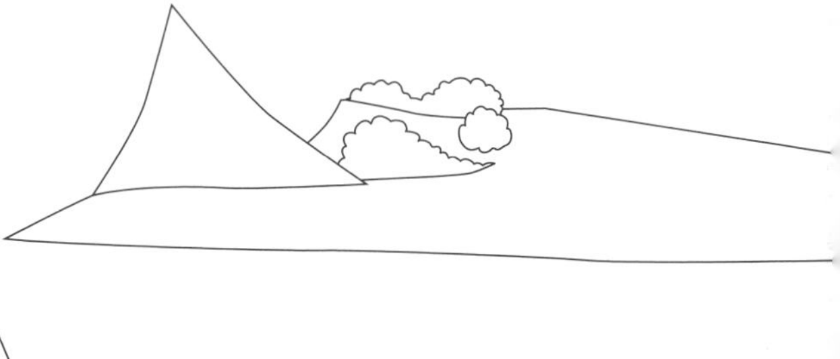

一、什麼是無條件基本收入

UBI，又稱全民基本收入（Universal Basic Income）或簡稱為基本收入，世界各地沒有絕對的定義，其中最主流的觀點來自於基本收入全球網絡（Basic Income Earth Network，簡稱 BIEN）：以個人為發放單位，定期的、無條件的發放現金給所有人，不論是否有工作，也不需要審查任何的經濟狀況。

UBI的核心精神概括為五大原則：

1 **個人（Individual）**：以人為基本發放單位，而非傳統社福制度中常見的家戶認定，因此不會因家庭關係、同住與否而排除任何個人。

2 **現金給付（Cash Payment）**：發放的是可以自由使用的現金（如新台幣），不同於只能用來繳房租、買米的實物補助，或是限定用途的消費券（如三倍券、文化幣）。

3 **定期發放（Periodic）**：非一次性發放，而是穩定、可預期的定期給付，最常見為每月一次。

4 **人人皆有（Universal）**：以地理或國籍為範圍（如所有台灣公民），每個人都可以領取。

5 **無條件（Unconditional）**：領取者無須任何的資產或工作狀態的審核，也不限制使用方式。

這項看似理想又基進（Radical）的理念，其實已有數百年的思想脈絡與制度討論，更在近代開始逐步被付諸實驗與政策試行。

早在一五一六年，英國思想家湯瑪斯・摩爾（Thomas More）就在《烏托邦》中描繪了一個資源共享、所有公民得以安身立命的理想社會。到了十八世紀，美國獨立時期的思想家湯瑪斯・潘恩（Thomas Paine）則在《土地正義》主張應將土地的部分收益發還給全體人民，作為基本的經濟權利。

進入二十世紀後，UBI 的想法逐漸進入政治討論。一九六〇年代，美國經濟學家彌爾頓・傅利曼（Milton Friedman）提出「負所得稅」（Negative Income Tax），主張在納稅制度下，對低收入者給予補貼，達成類似 UBI 的效果。尼克森總統提出的《家庭救助方案》（Family Assistance Plan），也是基於負所得稅的構想。而加拿大在一九七〇年代也曾於曼尼托巴省（Manitoba）進行「Mincome」實驗，測試負所得稅對工作意願與健康的影響。

一九八六年，來自比利時的哲學家菲利普・范・帕里斯（Philippe Van Parijs）等人進一步將這項理念組織化，成立基本收入歐洲網絡（Basic Income European Network），推動跨國的倡議與研究。二〇〇四年，BIEN 正式更名為基本收入地球網絡（Basic Income Earth Network），成為連結各國 UBI 倡議者的重要平台。

UBI 真正進入國際社會的公共討論場域，是二〇一六年的瑞士的 UBI 全民公投。儘管最後以 23% 的支持率遭到否決，但它被視為全球 UBI 運動的重要里程碑，促使其他國家對這個議題的關注與行動。像是芬蘭、荷蘭、美國、加拿大、印度、肯亞等國家，進行了各種的 UBI 實驗。雖然它們在時間長短與發放金額上各不相同，但多數結果都顯示：UBI 並不會導致懶惰或濫用，反而能提升心理健康、教育投入、甚至創業意願。這些實證的結果，加上已經實施多年的阿拉斯加永久基金分紅（Permanent Fund Dividend）、澳門現金分享計畫，共同構築出一個逐漸成形的現實基礎，UBI似乎已經是具備實踐經驗、具體成效的制度選項，正等待更多國家以自己的方式試行與落地。

二〇二〇年全球新冠疫情爆發後，許多國家推出的現金普發，幾乎都以「不用審查」、「全民皆可領取」的方式執行，某種程度上成為「準UBI」的實驗場。西班牙推出了最低生活保障收入（Ingreso Mínimo Vital），儘管仍有條件限制，但其目標是建立一種全國性的經濟安全保障制度。南非的社會困境救助金（Social Relief of Distress Grant）原本為短期措施，卻在人民的需求與政治壓力下不斷延長，也被視為一種可能過渡到UBI的社會制度。

疫情不是唯一加速UBI發展的契機。二〇二二年底，以ChatGPT為首的生成式AI技術，快速進入大眾視野。一些全球知名的科技巨頭，如特斯拉的伊隆・馬斯克（Elon Musk）、Open AI的山姆・奧特曼（Sam Altman）、Meta的馬克・祖克柏（Mark Zuckerberg），以及有「AI教父」之稱的傑佛瑞・辛頓（Geoffrey Hinton），都紛紛表態支持UBI，認為這是一種應對AI所帶來結構性變遷與社會不平等風險的重要方法。

在過去幾年，也開始有總統級的政治人物，將UBI納入主要政見之中。楊安澤（Andrew Yang）在二〇二〇年民主黨內總統初選中，主張每位成人每月領取一千美元的自由紅利（Freedom Dividend）；在二〇二五年，代表共同民主黨當選韓國總統的李在明，也長期主張UBI政策，在當京畿道知事的期間，實行過發放給當地二十四歲青年一百萬韓元的政策。韓國跟台灣有非常高的文化、經濟相似性，他們未來幾年的發展必定會是台灣借鏡的對象。

回顧以上的發展脈絡，可以知道 UBI 已不只是少數倡議者的理想，而是越來越多政策制定者、意見領袖與公民社會開始認真面對的制度選項。正因為未來仍充滿未知，我們更需要為社會上的每一個人鋪設一條穩定的生活保障途徑，讓人們能安心選擇、探索與成長。現在，就是開始討論與嘗試 UBI 的最佳時機。

二、UBI Taiwan 的願景和任務

台灣無條件基本收入協會（UBI Taiwan）成立於二〇一七年，我們來自學校、來自各行各業、來自各種人生背景和故事，帶著截然不同的視角參與著基本收入的討論和倡議，唯一相同的，就是我們無時無刻都在思考著，未來社會的理想樣貌。

在台灣倡議基本收入，說來也是特別有趣。面對重視完善社福制度、保障弱勢權益的左派，基本收入的無條件審查精神實在不那麼「聰明」，給人一種錢沒有花在刀口上的印象，缺乏直面當前社會問題的探討，不會歸類進傳統的左派同溫層。然而，一樣的基本收入，在崇尚自由市場、資本主義的右派眼中卻又是妥妥的社會主義，懲罰勞動納稅、獎勵不勞而獲，會造就整個社會充斥不事生產的米蟲。

當然，我們可以花很多力氣去回應大眾對 UBI 的評論，譬如解決社福的貧窮陷阱、改善不鼓勵脫貧的制度基因，還是去挑戰略嫌傳統過時的勞動定義，政府應該更直接地去鼓勵那些對社會有長遠幫助、但卻未創造 GDP 的勞動行為，好比家庭婦女、志工服務、政治參與。不過，對我們來說那不是現階段最重要的。

正因為人們可以從太多的切角來認識基本收入，從推動倡議、到逐步發展政策論述，最初的起心動念是我們非常重視，也會不斷回頭檢視的核心價值。對於 UBI Taiwan 團隊來說，我們不只是在倡議基本收入，更多時候是在**保護我們所相信、所認同、所支持的基本收入核心精神**，無關乎左右派的政治立場光譜、也無關乎收買選票的政策牛肉。

我們都生活在一個世界快速變動的時代，一方面對每次新技術或新事物的出現感到興奮，但同時也面對前所未有的不確定性。AI、自動化、氣候變遷、全球疫情、戰爭與地緣政治等挑戰層出不窮，每一項都可能對人類社會造成深遠的影響。這些變化不只影響產業與經濟，更正在重塑我們對工作與生活的想像。

面對這樣劇烈的結構性轉變，傳統的社會制度與安全網似乎顯得遲緩甚至失靈，難以有效支撐更多人面對風險。UBI Taiwan 相信，無條件基本收入（UBI）是一項能夠提升整體社會韌性的制度設計，它保障每個人最基本的生活條件，給予人們選擇的自由，**讓人在動盪的社會中，仍能保有自我、不必隨波逐流**。

《小丑 Joker》與我們的距離

「是我想太多，還是這個世界變得太瘋狂？」生性溫和內斂的亞瑟，正在蛻變出瘋狂的小丑人格。

亞瑟生活的高譚市，是另個平行宇宙下一九八〇年代的紐約，政府奉行新自由主義，透過強力的減稅、去監管、縮減財政支出等政策，期待白領和富人階級帶領社會從停滯性通膨的經濟泥潭中復甦，廣大的藍領和工薪階級則殷殷盼著經濟果實會如涓滴效應從天而降。然而，後者並未發生。

兩種世界在同一個空間交融展開，於是我們看到穿著講究、舉止典雅的電影院，外頭便是普通市民和巨量的垃圾、老鼠共存的街道，熙熙攘攘的百姓為求溫飽，在搖搖欲墜的公共服務和社福體系中喘息著，將自己的精神寄託於每晚的脫口秀節目，好繼續面對那個不會更好的明天。**當人們每天都在生存邊緣掙扎著，又怎麼有心力顧及生活呢？**

亞瑟第一次的槍響，把遠在天邊的華爾街菁英擊落在髒亂不堪的人世，燃起以 Kill The Rich 為名的街頭暴動，直接挑戰了政府和警察機關的失能。在自詡為高譚市唯一希望的湯瑪士韋恩眼中，這群帶著小丑面具的暴民與鼠類無異，每次的公開談話都持續在加劇階層的對立。

到底是亞瑟鼓動了人性的惡，還是制度滋養了絕望與仇恨，每一張小丑面具下都只是長期壓抑的生病靈魂？

幸好《小丑 Joker》只是一部電影，不是我們這個宇宙的現實。幸好我們不用親眼見證，而是透過男主角瓦昆菲尼克斯（Joaquin Phoenix）把自己完整地放入亞瑟的人設中，真切感受著自己在極端資本主義下被社會給遺棄的氛圍，從底層用第一人稱的視角看清這個失去人性的高譚市，然後在混亂與掙扎中讓內心的小丑人格破繭而出。

拉回現實，不難發現我們所擁有的幸運，也不容揮霍。

金融風暴下，首次大規模實施的量化寬鬆，我們都見證了什麼叫做大到不能倒的企業；在疫情衝擊的那幾年，無數的中小企業倒下了，無限寬鬆的貨幣政策卻是讓科技巨頭更加龐大了，光是幾頭權值股狂牛便造就了股市蒸蒸日上的光景；迎接生成式AI和自動化的爆發，我們才發現原來花了一輩子去打磨的一技之長，很可能在一夕之間便不再被市場所需要。

每一次的大變革，我們都看見資本越趨集中，人類在擁有智慧的機器面前，毫無競爭生產力的機會。倘若就這樣發展下去，普通人真的會有選擇嗎？倘若社會只仰賴資本所制定的遊戲規則，普通人是否會成為資本家短期逐利競爭下的長期犧牲品？

UBI Taiwan 希望和大家一起思考，**如果有一天社會的總體生產力已經可以支持每一個人溫飽，為什麼還得有人捱餓、還得有人為了生存而擔憂？**

努力是為了改變世界，還是為了不被世界改變

好奇在不同人生跑道和階段的我們，是否都曾不約而同地想過……

曾幾何時，年輕人的夢想從改變世界，變成了財富自由和提早退休？一面順著傳統社會期待成長，又一面迎著AI科技革新對產業的衝擊，我們不敢多想，明明年紀還輕，便把對自由的想像，寄託給了退休後的第二人生；當年隨波逐流地選擇熱門科系，寒窗苦讀直到碩博學位到手，只為了在畢業後做著自己不喜歡的工作，好把時間換成錢，期待著某一天能拿著錢，買回人生。

出社會後汲汲營營著如何能活得比別人都好，卻在夜深人靜納悶著自己活成了誰？工作、回家兩點一線，日復一日的生活，其實連

呼吸也是需要資本的；我們是這個時代的薛西佛斯，推著巨石上山，又不斷被巨石輾過。我們每天排好隊準備上公車、搭捷運，過著魚貫而行的生活，被工作塞滿而感到充實。或許，我們根本禁不起對自己的叩問，因為直面內心深處太令人徬徨。

當自我價值和市場價格之間，存在巨大落差，社會如何支撐每一個獨特的理想？小時候任性地選了自己喜歡的科系，傻氣心想為了理想，辛苦點沒關係，長大後才意識到理想和夢並不值錢。做電影，拿著魔法阿嬤的預算卻被要求漫威電影的效果；做社工，背負起社會的期待，卻習慣在自己無助時保持沉默……每日的機會和命運，深怕抽錯了牌，疫情、裁員、生病……我們經不起一點意外，因此我們感到匱乏，心智頻寬被柴米油鹽的生存恐懼給填滿。走在鋼索上的我們，多麼努力才能維持眼前的生活，又哪來的奢侈談未來呢？

UBI Taiwan 的我們只是一群小人物，並不懷抱著想要改變世界的宏大願景，只希望在世界加速走向瘋狂前，可以有更多人開始討論，未來的社會制度如何保護每一個渺小的我們，都擁有選擇自己生活方式的自由，擁有不被世界改變的底氣。

#生活，本該如此——

短短一句話便很好地包裹了 UBI Taiwan 的核心願景。我們希望有一天社會可以讓每個人都好好生活，而非生存；正是那樣的韌性足以讓孩子、青年、家庭婦女、職場工作者都能帶著一點任性，選擇自己認為「本該如此」的生活方式；最後的填空，就交給每一個自由靈魂的創造力和多元可能性了。

小時候，總覺得長大一定要做自己喜歡的事，但出了社會幾經碰撞，便轉念嘲笑起自己的不成熟，當起了「大人」。小時候，覺得長大要做自己會喜歡的人，但長大後才發現順應社會期待，當個「專業人士」輕鬆多了，於是汲汲營營地往一個有產值、有社經地位的成功範本前進。小時候，我們不知道原來長大的過程，就是把內心的稜稜角角都磨去，多數的夢想只是索性地被隨地丟棄。

但如果有一天，社會能夠支持每個人在生理和心理需求上的基本餘裕，賦予大家選擇生活和追求理想的機會；當每個人都擁有基本收入(UBI)，在你的想像裡，那會是什麼樣的世界？會不會即便我們長大了，還能像小時候的孩子在玩遊戲一般地，享受著這款《人生》遊戲。

我們相信UBI的發展會大大影響未來的社會樣貌，未來每一個人選擇生活方式的自由，所以我們努力，保護我們支持的UBI，**所以我們努力，為了每一顆不被世界改變的初心。**

這是我們即便卑微、卻也無比堅韌的信念與任務。

三、有哪些重要趨勢、關鍵變因，正在推動著社會邁向基本收入？

俗話說，時勢造英雄、英雄造時勢。既然我們不是能造時勢的英雄，就姑且讓我們試著探頭，看看有哪些已然形成的國際大趨勢，有機會將UBI制度推上未來文明大潮的浪尖。

強化韌性：AI大潮來襲，UBI是人們在社會動盪下的底氣

最近幾年AI與自動化技術快速發展，包

含生成式AI、機器人、自動駕駛等，讓我們深刻感受到，自己似乎正站在一個歷史交叉點上。這場變革不同於以往的技術革命，影響層面不僅是體力勞動或重複性質的工作，更深入到知識型工作者，從客服人員到會計師、甚至律師與工程師，無一倖免於AI的衝擊。

高盛（Goldman Sachs）預測，全球約三億個全職工作可能會受到生成式AI的影響，麥肯錫全球研究院（McKinsey Global Institute）則指出，到二〇三〇年，全球可能有四至八億個工作崗位因自動化而被取代。另一方面，國際勞工組織（ILO）的研究強調，AI也可能作為一種「增強」（Augmentation）工具，只取代特定任務而非整個職位，使人們能將精力投入到更具創造性或人際互動的工作上。而世界經濟論壇（WEF）則認為，到二〇三〇年前，AI和自動化將取代約九千兩百萬個現有職位，但同時創造約一億七千萬個新工作機會。無論未來是朝哪種方向發展，都可預見AI對勞動市場的衝擊與職能需求的轉換都是全面且深遠的。

更嚴重的是，AI的發展仰賴大量的資金、數據與運算資源，極有可能加劇社會的不平等現象。擁有資本的大企業，容易取得領先優勢，進一步鞏固其市場地位，形成更嚴重的「贏者通吃」局面。這不僅會加速財富的集中，也會讓一般民眾的經濟安全感更為薄弱。國際勞工組織（ILO）與經濟合作暨發展組織（OECD）的研究都指出，受到影響最深的，往往是缺乏資源與適應能力的弱勢群體，例如女性、青年、以及中低技能的勞動者。

UBI是一種應對AI世代的重要制度。在過去幾個疫情中進行的UBI實驗，就可以顯示UBI在社會面臨劇烈變革的重要性。例如

OpenAI 的奧特曼有資助的 OpenResearch 實驗，參與者在獲得這筆固定收入後，心理壓力與食物不安全感顯著降低，生活穩定性增加，並有更多餘裕去尋找更適合自己的工作。此外，在肯亞進行的 GiveDirectly 長期 UBI 實驗，更明顯顯示出其在疫情等突發社會變動時的價值。接受UBI的家庭，即便在疫情重創下，仍能維持經濟穩定，展現出優於其他未接受資助家庭的韌性。

UBI提供的經濟保障，除了減輕直接的經濟壓力之外，更能讓個人在面對職業轉型與技能升級時擁有更多的空間與勇氣。特別是在AI時代，職場變動越來越頻繁，終身學習成為必然趨勢，UBI提供了一種能夠適應快速變動的安全網，避免大量人口因為工作失去而陷入貧窮的惡性循環。

回顧台灣在疫情期間的經驗，初期政府主要依賴傳統社會福利制度提出紓困政策，這些措施往往手續繁瑣、覆蓋率低，難以及時對應突如其來的衝擊。直到後期，政府才逐漸轉向發放振興三倍券、五倍券及普發現金等較具普及性與速度的做法，這些政策在某種程度上，已開始具備接近UBI的雛形，並在社會廣泛動盪的時刻提供了重要的支撐。未來，當台灣面對由AI帶來的挑戰時，或許更該從這段經驗中學習，重新思考：UBI是否能成為我們應對下一波劇變的制度準備？

基本收入不應該被視為費用，而是政府對人民的投資，長期提升整體社會韌性的永續基礎建設。

社會永續：台灣人口結構持續惡化，已是進入倒數計時的國安危機

在薩諾斯一個清脆的響指之下，宇宙一半人口瞬間灰飛煙滅。

這是漫威復仇者聯盟電影裡，令人極為震撼的片段。薩諾斯企圖通過減少人口來實現人口資源平衡。然而，當薩諾斯來到台灣，他會驚訝發現，這個國家根本不需要無限手套，就正在邁向自然消失的過程。

少子化、高齡化、生育率每年下降，早已成為現在台灣社會的陳腔濫調，年輕人在高房價、高租金與高壓工作造成的「窮忙」生活中，根本無暇生活，更別談生兒育女。我們看到政府推出各種少子女化對策、從中央到地方的各種津貼補助，然而少子女化，仍然成為年輕人茶餘飯後的嘲諷話題。

根據研究，台灣總生育率（TFR）長期低於可以穩定國家的更替水平 2.1。最新報導也顯示，台灣全國總人口已經連續五十個月面臨「生不如死」，生育率持續下降，不僅衝擊人口結構，還將導致政府稅收減少，勞保基金瀕臨破產、國民年金也即將入不敷出，悲觀情緒在台灣社會基層逐年發酵，人們對台灣的未來充滿不知如何著手的擔憂。

在這樣的危機下，UBI 是否可能成為潛在解方，減緩台灣人口的持續減少？

在一個遙遠的天寒地凍之地，為我們揭示著變革的方向。美國的阿拉斯加因為盛產石油，因此出現相當特殊的政策：永久基金股息（PFD）。

PFD 是一種類似 UBI 的計劃，這是一項公共管理的基金，其資金來自阿拉斯加石油生產的收益。一九八二年，當地政府通過了一項法律，規定向所有居民支付石油基金股息。第一次股息支付於該年，名目金額為一千美元

（相當於二〇二五年的三千三百一十六美元）。現金轉移的金額每年都有所不同，取決於五年平均投資收益。研究顯示，**這項政策使阿拉斯加生育率增加超過百分之十三，顯示發放現金減緩二十至四十四歲女性的經濟壓力，確實有機會增加生育率。**

此外，一篇量化研究，透過整理一九九〇至二〇一四年間，包括十三個東亞國家在內、一百七十六個國家的數據資料，建立出一個推測模型，並以此導出，只要女性的勞動參與率和收入都足夠高且不斷增加，有機會提高生育率。然而，目前東亞國家女性收入平均，尚未達到這份研究推測模型中收入足夠高的階段，因此難以見證研究的推測模型是否為真，而這更顯現，舉辦台灣基本收入實驗收集在地具體數據的重要性。若台灣政府能舉辦大規模基本收入實驗，透過發放現金給隨機抽樣、不同背景的人們，了解基本收入與生育率、教養品質之間的關聯，或許有機會成為一項突現現有少子化政策困境的途徑。

二〇二五年衛福部《我國少子女化對策計畫》中，雖然沒有明確闡述現金轉移政策對於國內生育率提高的關係，卻顯示台灣婦女面對高昂的育兒成本、影響現有工作等原因，而大幅降低生育意願。行政院主計總處二〇一六年的調查顯示，十五到六十四歲已婚婦女中，有將近四分之一因結婚而離職；至於因為生育（懷孕）離職者，占將近兩成；而在這些生育離職的婦女中，有將近七成是為了照顧子女，顯示生育對於女性職涯影響程度高。已婚女性在面對就業與照顧子女的抉擇中，難以兼顧，相當程度影響婦女生育意願及勞動參與可能性。另外育兒成本過高，造成經濟負擔加重，也影響生育意願。

台灣政府針對少子化問題，過去並非無所作為，早已實施多項生育政策，如育兒補貼、托育補助和產假政策，但總生育率（TFR）已低至 0.87，遠低於人口正常更替水平 2.1 。以上顯示出，台灣政府需要嘗試更有效的政策，此一政策不能再是資格審查式補貼，否則只是重蹈覆徹。基於全球證據，特別是阿拉斯加 PFD 的成功案例，UBI 有機會減輕適婚年齡層青年的經濟壓力，進而提高台灣的生育率。

任何社會問題都牽涉複雜的面向，UBI 制度必須和「改善托育基礎設施」、「促進性別平等」等議題協作，多管齊下解決人口結構問題。而了解這些複雜的問題之間如何扣合，正是 UBI Taiwan 舉辦台灣基本收入實驗的初衷。透過實驗，我們將能夠更了解 UBI 的能與不能、益處和限制，釐清如何適度結合其他必要的社福措施，一起將台灣推向一個更佳宜居的發展方向。

在《復仇者聯盟》中即便人口消失一半，奇異博士在第 14,000,605 次倒轉時間的過程中，也終於驚險尋找到唯一解救人類的辦法。雖然身為普通人類的我們沒有時間魔法，但我們現在仍有機會，在台灣社會已緩慢扣下無限手套的彈指之前，重新設計屬於我們這個世代的未來。

氣候正義：UBI 是務實且普惠的實踐路徑

在氣候變遷與貧富差距交織成全球難題的此刻，UBI 漸漸不只是對抗自動化或失業的政策工具，也被重新想像成一種實現氣候正義的可能方式。這種切入角度，提供了不同於傳統環保政策的新路徑。

你可能會想：「環保跟發錢有什麼關係？」這問題其實比看起來要實際得多。當一個人走進超市，面對兩瓶清潔劑——一瓶便宜但污染高，另一瓶環保卻貴一截——在壓力下，多數人只能選擇便宜的。這不是價值觀的問題，而是現實使然。如果綠色生活只能由有錢人負擔，那還談什麼全民永續？UBI能降低選擇的門檻，讓環保不再只是某種「特權消費」。

進一步來說，UBI本身就有財富重分配的功能，正好能對應當前環保政策中常被忽略的公平問題。以碳稅為例，雖然設計初衷是抑制高碳排行為，但對於低收入者而言，它更像是一種生活壓力。「氣候紅利」便是為解此困，主張將碳稅平均返還給全民，高排者多繳稅，低排者反而得利。這樣的制度不只提高接受度，也兼顧了社會與氣候正義。

環境災難的成本從來不平等。空污、極端氣候、健康風險——這些往往由全社會共同承擔，卻是最脆弱的群體先受害。UBI作為一種補償機制，正好填補了這筆難以量化卻真實存在的帳。它不只是社會保障，更是回應生態成本的一種方式。

從這個角度出發，有人提出了「氣候基本收入」的想法：將碳稅、污染罰金、資源費用等環境財源，統一挹注UBI，不但讓環境成本得以「內部化」，也形成了公平且誘因明確的制度：多排碳者多出錢，節能者受獎勵，全社會一同往低碳轉型。

這類制度設計的另一層意義，在於它對個人生活選擇的影響。當基本生活有保障，人們更能慢下來選擇更有意義的節奏——社區耕作、減少過度消費，甚至換一份對環境友善的工作。當這些行為由點到面，社會的環境負擔也隨之減輕。

UBI同時也是一種社會韌性的強化。災害面前，總是低收入者首當其衝；若沒有基本保障，災後可能就是長期困境的開始。UBI的存在，雖無法阻止災難，但可以讓災難之後，還有重啟生活的基本可能。

把UBI與氣候政策結合，代表我們開始不再分割經濟、社會與生態這三條軸線，而是嘗試用一套制度將它們連起來，彼此支撐。當一項政策不只是撫慰，而是改變選擇、改變行為，那我們才真正朝向一個更公平、更韌性、更能一起挺過難關的社會邁出了一步。

民主防衛：UBI能與自由世界並肩作戰

在當今動盪的世界裡，民主的防線早已不只是戰艦與導彈的較量。真正讓人擔憂的，不是外敵進犯，而是內部信任的崩解。一個政體會崩，不一定是因為缺乏軍力，也有可能是因為它再也無法讓人相信這套制度能為他們撐傘。民主正在面臨挑戰的，是它曾經引以為傲的道德說服力。

威權政體懂這點。他們不再忙著輸出什麼偉大的意識形態，而是拿出實打實的生活條件，讓人比較：「他們那邊雖然沒選舉，但好像生活更穩。」這樣敘事方式，用效率和秩序包裝控制，用照顧之名換取依附。他們沒說「自由不好」，只是讓你懷疑自由到底能不能當飯吃。

這才是真正的挑戰。一場關於制度吸引力的暗戰，正在你我身邊悄悄展開。

如果自由世界還想留住人心，就要開始討論別再用選舉和言論自由當免死金牌了。這些當然重要，但當一個人每天都在為基本生活焦慮，他會在乎投票嗎？制度如果無法轉化為日常的感受——被尊重、有安全感、不被遺棄——我們必須承認部分公民心中的崇高精神就可能會被磨光。

也因此，UBI不再只是經濟政策，也可能是民主體制的防腐劑。它是制度對公民說：「你不用討好任何人，也不用成為某種樣子，你就是值得被照顧。」這不是收買，而是最根本的承認。

但這份承認，不代表要無條件讓所有人過著富裕或奢侈的生活。基本收入只對齊「生存的底線」，即便是我們這些倡議者，也始終強調這僅是一筆保障生存的錢，想過上理想的生活，你還是要努力，但你已經可以自由去尋找。

對照之下，威權政體宣稱他們所給的照顧，也就更容易被揭穿。他們不是要建立平等，而是要塑造依賴——你被照顧，是因為你聽話。這種「換來的安全感」，表面上穩，骨子裡脆。

自由制度的應對，不能只是回應它們的陰影，而要主動描繪自己的光。你不能只說「我們有自由」就結案，還得問：「我們的自由，有讓人活得比較好嗎？」

這也是為什麼，UBI的意義不只在發錢，而在建立底線。在你人生很糟糕的那一天，它是一張不會撕裂的網，接住你。你知道你不會從這個體制中跌出去，這一份信任，就會成為你留下來的理由。

你會聽到很多反對意見——說它貴、說它沒效率、說會被濫用。這些都該討論，真的。但那不能成為「什麼都不做」的藉口。制度不是完美才值得擁有，而是需要被不斷修補。你不會因為一間房子有裂縫，就選擇搬進廢墟。

更關鍵的是，現在最擅長動搖民主的，不是極左也不是極右，而是那些懂得操弄「脆弱」的人。他們不需要證明威權有多好，只要讓你相信民主沒幫到你。然後呢？我們自己人就開始說：「他們那邊起碼照顧人民。」「我們這邊自由是有啦，可是自由能當飯吃嗎？」

這些話不只是批評，也是徵兆。是這個制度開始斷線的前兆。你如果還在乎民主，現在就要補救、補信任。UBI當然不是萬靈丹，也不是什麼民主救世主。但它是一個關鍵的訊號：它說明這個制度沒有放棄任何一個人，它還想爭取人心，還願意投資信任。

所以這不是單純在發錢解決問題，而是在修補一個制度最脆弱的地方。

我們可以繼續談成本、談通膨、請專家模擬，這些都該談。但在那之前，我們要誠實問一句：「如果一個制度讓人活不出尊嚴，那它到底還剩下什麼可以被捍衛？」

最後，我還想說一件事，我們當然該堅持自由，我們當然不應該因為手頭困頓，就屈服於威權的穩定幻象，但我們不該總是假設自由必勝，而無視它可能面臨的競爭，UBI是對這場競爭的回應—不是口號，不是象徵，而是實質的條件。讓更多人能在制度裡感受到「我沒有被遺棄」。

我們需要讓更多人拿出勇氣，抬頭挺胸地，堅定在自由陣營這一方。

必須讓自由世界變得夠強，強到能贏得這場與威權的競爭。

四、從現行社會框架

走入基本收入制度的可能進程

二〇一七年起，我們一直在推動台灣基本收入的最前線，致力於透過多元倡議形式、跨領域深度對話交流，持續地和公眾溝通，讓更多人理解並思考基本收入的價值與意義。我們經營社群媒體、更新政策研究論述、舉辦高峰會和遊行、代表台灣參與國際論壇發表成果，甚至自行募款開始進行小型實驗計畫。這些實際行動為我們帶來豐富的回饋與反思，也讓我們深刻體悟到，要梳理出一條適合台灣的路相當不容易。

即便要從目前人們習慣的現行資本主義社會，穩健邁向一個擁有基本收入制度作為社會基石的未來，肯定少不了縝密的研究規劃、以及務實的妥協和推進。當然，這不會是一個 NGO 能夠獨立完成的宏大藍圖，但任何制度的變革，都需要第一個投石問路的大膽假設，所以 UBI Taiwan 也在二〇二五年正式成立政策公關組，希望為台灣量身打造基本收入政策論述。

誠實地說，這任務對於 UBI Taiwan 的大家來說都是陌生的，但這也正是它好玩且充滿生機的吸引力。

首先，基本收入的美好願景，不能是空中樓閣。我們必須將目光聚焦於台灣社會當下最真實的面貌與挑戰，比起揚著破壞式創新的大旗衝撞體制，倒不如先深度思考 UBI 可以幫我們解決哪些迫在眉睫的社會問題？

如同前面章節所述，AI 與自動化科技的浪潮正以前所未有的態勢席捲而來，對未來勞動市場結構已投下巨大的變數。同時，貧富差距的持續擴大，以及財富與資產日益集中的現象，使得許多辛勤工作的民眾對於未來感到無力，社會階層的流動性與民生活力，都在面臨嚴峻考驗。更讓我們無法忽視的，是台灣人口結構的持續惡化，不斷探底的生育率以及加速到來的超高齡化社會，都為社會的長期永續發展敲響警鐘。這些都是我們必須因地制宜去正視，並試圖回應的本土課題。

假設基本收入有機會成為這些問題與挑戰的解方，那麼我們的下一步則是去思考一個負責任的基本收入政策論述，如何清晰地回答以下五大關鍵問題：

第一，「應該怎麼發？」這關乎執行的機制。UBI應該由政府的哪個部會主責推動？還是應該思考公私協力，納入民間的創新力量？發放的形式應該是法定貨幣（現金紙鈔）、數位形式的票券或憑證、還是近年備受關注的央行數位貨幣（CBDC）？各別優劣勢又是什麼？

第二，「應該先發給誰？」考量到政策落地的門檻、以及社會普遍的觀感和接受度，初期的發放對象是一個關鍵課題。不論是普及全民，還是從特定群體開始實施部分基本收入，倘若從青年或特定弱勢族群，作為階段性的起點會有什麼利弊？能夠解決哪些現行的社會挑戰？

第三，「應該發多少？」這個金額的設定，需要平衡個體基本需求的滿足，以及整體財政的可負擔性。是要參照現行的貧窮線、各城市最低生活費標準、個人所得的免稅門檻、還是最低工資水平？金額高低也攸關著人們領取基本收入後，對於生活、對於職涯的追求動力。

第四，「錢從哪裡來？」這是所有公共政策都無法迴避的問題。我們是否能從調整現有稅制結構，如營業稅、資本利得稅、金融交易稅著手？或者，我們應該更有前瞻性地去探索新興的稅源，例如針對自動化、大數據應用，或是碳排放等產生的社會外部成本進行合理的內部化？

第五，「政策配套措施是什麼？」基本收入並非獨立存在的仙丹妙藥，它需要與現有的社會福利、就業輔導、教育體系等進行有效的整合與協同，才能確保政策的可行性、可預測性，並發揮最大的正面效益。

上述的架構，就是我們持續向社會各界、民意代表、及政府機關請益與溝通的核心思考脈絡。在此基礎上，UBI Taiwan 正在積極研擬並倡議的具體方向是「**青年基本收入**」。

我們參考「青年基本法草案」的精神，將目光投向十八到三十五歲的青年世代。我們認為，UBI不應該被視為傳統社會福利的「支出」或「費用」，而是將其定義為一場對國家未來的「投資」——投資青年，就是投資台灣的創新動能與未來希望。這樣的定位，不僅能為青年世代在探索人生、職涯發展、技能學習的關鍵階段提供一份穩定的支持，更能從根本上轉變社會對於資源分配的想像。

為了讓這項「投資」更具效益與透明度，我們也積極關注並建議搭配「央行數位貨幣（CBDC）」的技術來進行發放。透過CBDC，我們有機會實現「可程式化」的貨幣機制設計，例如賦予這筆基本收入一定的時效性以促進流通、鼓勵民生經濟，或者針對民生必需的消費通路（如超商量販、房租支付等）提供加乘回饋，確保資源能精準地用於支持基本生活。

同時，CBDC的特性也使其具備「可被分析」的潛力，在嚴格保護個人隱私的前提下，相關數據得以協助央行第一時間了解資金流向、使用情況與實際效益，進而產出對台灣青年的「社會影響力投資報告」；甚至有機會透過 CBDC 法幣地位來降低台灣社會長年地下金融的占比，有機會擴大基本收入財源稅基。這些都將使基本收入政策的成效，不只是抽象的感受，而是可以被量化、被檢視、被持續優化的具體成果。

我們深信，透過這樣階段性、策略性地推動，並結合創新的政策工具，基本收入將不再只是遙遠的理想。每一步的嘗試與積累，都是在為台灣社會的未來鋪路。我們所追求的，不僅是個體的經濟安全，更是整個「社會的永續與韌性」。當每個人都能擁有基本的保障，去應對生活中的不確定性，去勇敢追求自己的潛能與夢想時，這個社會才能真正充滿活力，才能在快速變遷的世界中站穩腳步，迎向一個更公平、也更強韌的明天。

我們相信，基本收入不再是烏托邦式的美好想像，而是世界潮流下必然會躍上社會運動和政治舞台的大勢所趨，所以我們耐心等浪並且做足準備，相信總有站上浪尖的時候。若是等得有些沒耐心了，就任性地嘗試來拋磚引玉、擾動一池漣漪，幸運點或許還能逐步擴散成洶湧的波濤。

所以，UBI Taiwan 會勇敢地做出一大塊磚頭，向海內外、跨產官學界的前輩先進們請益交流，邀請更多人一同加入這個浪漫務實的社會工程。

五、讓 UBI Taiwan 和你一起，浪漫而務實地行動

當我們談論社會的變革與創新時，常常面臨一個令人動搖的現實——多數人一開始是不接受改變的。

他們擔心失去熟悉的秩序，害怕新制度

帶來不確定的影響，甚至懷疑，這些改變是否真能讓世界變得更好。然而，歷史不斷示範著這樣的規律：只要有人觀察到這個世界的不合理，願意站出來，發聲、行動、堅持帶來改變，過程中也許會迷路、困惑，但始終抱持著良善的立意、和純粹的相信，總會遇上志同道合的一群人，站在一起試圖做些什麼，直到願景成為現實。

還記得二十年前的美國社會嗎？當時，多數民眾仍堅持婚姻只能存在於一男一女之間。根據皮尤研究中心（Pew Research Center）的調查，二〇〇四年，全美支持同性婚姻合法化的比例僅約 31%。這一年，時任總統喬治布希甚至在競選期間公開支持通過「婚姻保護修正案」，主張將婚姻定義為「一男一女之間的結合」。看似是一場幾無勝算的戰役，同志社群卻沒有退卻。

他們用自己的生命經驗，娓娓道出「愛」的多種形式；如二〇〇八年加州公投中，同志伴侶與家屬們站出來分享親身故事，倡議者也不斷進行遊說、教育、公聽會與媒體溝通，讓公眾看見原本被隱形的情感。多年累積後，社會逐漸鬆動。

當更多人發現，原來自己的朋友、親人、同事就是這場運動的一部分，支持的聲音也悄悄增長。二〇一五年六月二十六日，美國最高法院以五比四的票數裁定同性婚姻合法，為全國範圍內的婚姻平權揭開新頁。那一刻，不只是法律的勝利，更是一段「由少數人點燃，引起多數人迴響」的歷史。

無條件基本收入的倡議，也正在這條道路上。

UBI Taiwan 成立至今，一直致力於推動這項兼具感性嚮往與理性實際的制度。我們不是遙不可及的菁英團體，而是來自日常生活中的你我，同樣面對著快速變化時代中的不確定性與焦慮。我們認真討論AI衝擊、氣候正義、民主價值與社會韌性，不是因為我們樂觀相信所有問題都能輕易解決，而是因為我們始終相信：在面對未來的挑戰時，UBI能提供一種具有韌性且包容的社會安全網。

UBI在於學術討論已有深厚的歷史脈絡，近年全球各地的實驗也逐步累積豐富的實務經驗。從思想先驅們的激盪與啟蒙，到全球疫情、AI科技變革所帶來的挑戰與轉機，基本收入正逐漸從理論願景走入真實政策的可能。我們不只是談論政策、實施的方法，更是一個顛覆想像、突破界限的新問題——你想怎麼生活？想擁有什麼樣的人生？也許這個問題我們都發自肺腑的問過，但在現有的體制之中我們沒有機會實行，你願意給這個理念一個機會，多瞭解一點嗎？

也許你在政府、企業、NGO / NPO中任職，也許你在學術界擔任教師或研究者，也許你是民意代表、議會助理，也許你懷疑著工作的意義、領著不穩定零工收入，又也許你還是學生。我們都和你一樣，擔心著自己在勞動市場上的價值，會不會哪天就再也比不過科技，想像著哪天不受生存焦慮限制、能夠真正地自由選擇生活方式和興趣愛好的人生。

也許你在日常生活中關注許多社會議題和創新制度，時不時對於政治時事、公共參與感到熱血，在生活穩定有序時，也偶爾會興起參與志工活動，甚至你也曾經在網路世界、在實體社群、在街頭活動中倡議著勞動權益、貧富差距問題、或青年未來議題。我們都和你一樣，接受著社會上許多的狗屁倒灶，絲毫不減我們對於讓社會更好的期待和希望，繼續在每個小日子裡做著自己在意的事，不為什麼，就為自己想看見的改變。

這是一封邀請信，客製化給每一個無可救藥的樂觀主義者。

你很可能會是這一切的推動者，你很可能會在這巨大的行動中扮演著獨一無二的角色。我們都和你一樣，在柴米油鹽之餘還是會抬起頭，遠眺凝視我們所嚮往的未來理想社會，然後再低下頭默默地努力，為未來埋入一些自己的DNA。

未來，UBI Taiwan 除了持續的倡議活動，也會更專注深耕於政策、實驗、國際三大方向。政策倡議面，我們將推出屬於台灣社會的政策論述，接觸更多的政治人物與意見領袖，讓基本收入在台灣政治領域有討論或試行的可能。實驗執行面，我們會持續探索穩定財源以擴大實驗規模，好比透過社會影響力報告，吸引長期穩定的企業捐款，並持續與學術機構、民間組織、與地方政府合作，累積更多本土化的資料與經驗。最後，我們要將台灣推上UBI的國際舞台核心，繼續參與BIEN等國際組織的交流活動，將台灣的實踐經驗分享給世界，不僅學習其他國家的成果、更要將國際資源帶入台灣，成為台灣推動的基本收入的養分與啟發。

在這個充滿未知卻充滿可能的時代，我們相信每一份努力都是在為台灣的未來奠定基礎。無論你是第一次接觸基本收入的概念，還是已經默默關注許久，我們都誠摯地邀請你一起加入這場關於未來的對話與行動。

社會改革並非一蹴而就，但我們仍深深相信，我們正在討論的社會制度與願景，無比重要。

期待你也能在這裡，找到一片屬於你的小

角落，一同讓未來的世界都因為我們，有所不同。

作者群後記

曉由
《廢母》、《肺腑之言》

UBI 議題很龐大，就和這個世界一樣龐大。剛聽到這個主題時，我們會想到政治、社會、國際關係、經貿動盪……等等，就和所有大時代社會格局的推進之際那般，是一台巨型人造機器的邁步，充滿建設和破壞。

但，我總覺得最深切人心的，是更大和更小的事情，也就是每個小小人物的人生與心情，以及他們怎麼與這個宇宙脈絡共存和理解的可能性。

說到 UBI，我認為它在某一層面的本質上，已經超出了支持與否的範疇，而是一種人類本著天性，必然發展出的未來。宇宙的龐大有時是，它並不關注過程，而是它設計了這場必然。

不過，短篇小說呈現不了宇宙，所以還是呈現最可愛的人們吧。

阿宗

《自由之價》

其實這部作品是我第一次代入個人視角的感覺去呈現這份故事，我想故事裡面的無力感很多人都有感受過，但不是任何人都有辦法勇敢走出來。

雖然我現在已經走上了我喜歡的創作路，但始終無法真正為自己踏出第一步，所以很多時候都是在幫別人「創作」，沒有甚麼自我的東西，也無法真正地認同自己的能力，直至今日，我覺得依舊在跟小時候所附加的詛咒對抗著。

如今我即將成為一個人父，這種感覺更是強烈，我要在不給小孩負擔上一代的詛咒的同時，又要好好地將他照顧他到長大，期望他能認同我的成就，我覺得有一次也好，能夠不顧一切地追求目標並達到一個成就，就算未來回歸平凡，但這樣也不會再否定所謂人生的價值，也會更有足夠的勇氣嘗試新的事物。

我希望自己可以盡快脫離走出真正的自我，並且創作屬於自己且喜愛的作品。

馬立

《Uncaged Brain Initiative》

《Uncaged Brain Initiative》是一次對近未來 UBI 施行的想像。

我在撰寫本文的過程中，時常想起《銀河英雄傳說》裡，楊威利所講過的這段話：「比起悲天憫人的皇帝所統御的專制政治來說，凡人集體營運的民主主義是比較好的，即使它陳義過高、不切實際、或一再嘗試錯誤。」

對於現實裡 UBI 的理念，以及它要如何施行等難題，我也在無數時刻覺得其「陳義過高、不切實際」；不過實際上，世界上現行的許多體制與法規，在落實之前也都有被這樣評斷過——民選總統、女性參政權、死刑廢除、通姦除罪等，在某種時期也都曾經「陳義過高、不切實際」。

作為一個自由工作者，我嘗試用我自己的立場出發，想像一個試圖靠創作、文字維生的人在 AI 普及、UBI 施行的近未來社會裡如何適應、如何理解、如何擺脫邊緣並受惠於體制。

這是一個擺盪於「反烏托邦」與「烏托邦」的故事，希望閱讀過本篇作品後的大家，也能夠一同思考一個更好的未來。

伍薰（南瓜社長）

《成年禮》

台北在全球海平面上升後遭到淹沒，一直是個嚴酷、浪漫又令人無比著迷的近未來科幻構想，科幻作家能在其間設置無數精巧細節，為故事添增各種光彩。

因此二〇〇五至二〇〇七年間在『挑戰者月刊』連載《生命之環》這部長篇科幻時，筆者便初步勾勒出關於「凱達格蘭潟湖」系列的初始篇章。

此後，這座潟湖與其上的浮空都市「新台北」，陸續在各種雜誌邀約的短篇作品中補完與擴展。適逢《島嶼新日常：無條件收入制的台灣想像》的UBI主題，恰好切合這個舞台與時代，因而以此為基礎、藉由一位青少年視角，與大家一同探索這個嶄新時代。

故事中的新台北，同時也是海穹文化《3.5：強迫升級》系列這個科幻共同宇宙的正統續作舞台。因此，〈成年禮〉不僅是一篇獨立短篇，也可視為「Unique」書系編號第二十八號出版品的非正式預告。

衷心期待這部嶄新故事，未來能以最適切的姿態與大家見面。

靜川

《808》

人生很難，生活更難。無法維持日常之所需，就別提更高層次的需求了。

UBI是一個理想，讓人不再是「異化」的個體，可以勇敢做自己。但別忘記，它只是提供一個後盾，至於能不能做到？終究還是得靠自己——堅持、努力、耐心、毅力、智慧還有鍥而不捨的決心。

你準備好了嗎？On Your Mark！

大蠟蜥

《致命文件》

我不相信世界是公平的。

在布赫迪厄的《區判》裡，其闡述到我們的階層將會決定我們的認知與選擇，亦決定了我們的人生樣貌。也因此，每個人在出生時，所在的位置、所擁有的未來都早已被界定。我們只是相信，自己可以靠努力可以到達某些位置。

在蒐集這個故事素材前，我試圖約訪了一些人，談論對於基本收入的想法，他們其實都對其政策嗤之以鼻，他們絕大多數認為，人的價值在於創造更多的價值，而該價值就是替團體工作，話語隱含的意思則是「我那麼努力工作，你也應該努力工作才對。」

也因此，我把這個想法放進了其中一個角色裡，讓他把這些想法講出來，讓這些想法在故事呈現，看看會是怎麼樣子。

其實這個故事原本的視角是外籍看護，從一個沒有任何生活保障的人的眼中看這些好生活的人如何爭論 UBI。但因為寫起來非常地說教，有些無趣，所以我改成了以記者視角的謀殺案。

雖然我覺得處理得不太好，要是有機會，我想用更故事性的方式，處理反對基本收入想法的人。

最終，我希望這世界可以慢慢地走向公平。

子藝

《志明的故事》

已經忘記第一次聽到「無條件基本收入」是什麼時候了，那時直覺想到的是一個只花錢不賺錢的社會如何維持，畢竟那時很年輕，反射性想到的就是有收入何必要工作。後來進入政府機關，對社會安全網有更多認識，也越來越理解現代社會因為分工碎片化，多數人的生活也越來越狹隘，生命被工作定義，連資訊都被演算法控制，那麼政府有沒有任何政策工具可以減輕這種生存壓力，解放人類的靈魂呢？

UBI的確是種值得思考的方向，但我又忍不住會想到這種政策需要哪些配套措施，才不會變成北歐社會主義福利國家那樣的高自殺率，以及普遍的虛無主義，於是有了這篇故事。

不管哪種政策都會有濫用的人，故事裡志明的父母跟志明本人就是個對比，我在心中模擬了數次這類政策執行前與執行後，如果政府舉辦公聽會可能出現的聲音。最後就是這篇故事，雖然我當初想了好幾個不同角色與立場的情節，但受限於篇幅，只好先給這篇有爆炸的故事囉！

希望大家喜歡。

戲雪《碧蓮》

給你一個鍋子，你可以拿它來裝水、裝食物，你也可以拿它來打人、傷害人，或者就把它借／送給別人，隨別人使用。

重點從來不是工具，而是使用的人。

如果是野蠻時代，給每人鍋子的確可能造成群眾暴力，但現在已經是文明社會了。

工具總是有備無患，贊成無條件給每個人一個鍋子，承接食物、承接自己，承接夢想與未來。

編輯札記

從亙古勞動的宿命中解放

南瓜社長伍薰（奇幻科幻作家、海穹文化創辦人）

人類是一種深謀遠慮的動物，從我們的祖先漫步在東非大裂谷之時，就已經開始會憂慮、會未雨綢繆。自然，這幾年我們往往能在媒體上看見兩組聳動的標題：

第一組，是關於**生育率**：

「少子化危機加劇，面臨難以遏止的危機性局面」

「台灣的生育率全球墊底，已經成了國安危機」

「少子化成國安危機，有無房產不再是生育主要考量」。

第二組則伴隨著二〇二二年下半 **AI 密切進入人類生活領域**，成為新聞頭條：

「AI 取代人力成真?學者說不嚴重，他卻預言5年內將爆失業潮」

「生成式 AI ＋人形機器人雙重夾殺!最易被淘汰工作討論度 TOP10」。

這些新聞標題刺激著我們大腦，引發我們的憂慮，而新聞所報導的也確實是不可避免的現實。然而，這看似內憂外患的兩組危機，看在筆者這類的科幻創作者眼裡，卻恰好是彼此的解方——**我們為什麼不讓 AI 與機器人，來彌補少子化帶來的勞動力短缺**、集中資源在每一位降生的少量後裔？

AI 與機器人在方方面面上都能協助人類提升生活品質，已是不爭事實，那麼，是否人類文明，有可能在此契機的觸發下，豎立一座地球生命史發展三十八億年來，絕無僅有的嶄新里程碑？

筆者是生命科系出身的，一直以來也對萬物的演化著迷，而在公元二〇二五年這個迷人的當下，或許就是**人類文明真真實實的**「**Monolith 時刻**※」。

人類是地球上最強勢的頂級掠食者，但我們人類的歷史上仍然伴隨著自然資源變動所帶來的各種衝擊，可以說人類數萬年的漫長歷史，就是一部災禍、饑荒、疫病與

※引用自亞瑟·克拉克《2001：太空漫遊》（2001: A Space Odyssey）與史丹利·庫柏力克執導之同名電影。

戰爭的歷史。儘管我們也記載許多的美好傳承，但生靈塗炭的亂世才是歷史常態，現今世界上多數地方的承平與富庶，是地球上前所未見的榮景。

但儘管人類文明已經發展至此，世界上絕大多數的人們，仍然無法擺脫與生俱來的宿命——我們仍然需要艱辛勞動、才能夠維持自己的存活。

在太古那是狩獵，新石器時代以後那是農耕或放牧，進入現代後、則轉化為我們很熟悉的「上班」——無論如何，我們之中的99%仍需要「勞動」，才能勉強求生。

而AI的出現，讓人類終於有機會從「終身勞動」的宿命裡解放出來，而其中的一個可能性，就是**無條件基本收入（Unconditional Basic Income,UBI）**

因緣際會下，在二〇二四年中旬，我結識了台灣無條件基本收入協會（UBI Taiwan）的常務理事品逸，記得就在捷運上與品逸暢談不到半小時後，我便已經察覺出UBI這個題材的前瞻性與實驗性。而**海穹文化的理念，就是永遠站在台灣原創奇幻、科幻類型的最前線，挑戰各種嶄新的可能性。**

是以，由 UBI Taiwan 提供專業諮詢，海穹文化號召台灣第一線科幻創作者共襄盛舉，每位創作者都能描繪自己想像中截然不同的 UBI 社會制度與故事，以各自的敘事，集結成這本多重宇宙科幻合輯《島嶼新日常：無條件基本收入制的台灣想像》。

取名「島嶼新日常」，是因為我們相信，在實施 UBI 之後，台灣這座島嶼的生活，將呈現一種與現在截然不同，更為鮮活、舒適、更能自我實現的嶄新日常，屆時所謂的「努力」，也將被賦予截然不同的定義。

僅將這本《島嶼新日常》，獻給迄今仍在我們土地上辛勤耕耘的勞動者。

願我們都能從掙扎勞動度日的人類宿命裡解放。

南瓜社長伍薰　二〇二五年六月十五日　台北市

國家圖書館出版品預行編目資料

島嶼新日常：無條件基本收入制的台灣想　像 = Island's new normal : Taiwan's imagination of UBI/ 加拉巴哥 8(2025) 著 . -- 初版 . -- 臺北市：海穹文化有限公司，民 114.08
面；　公分 . -- (Unique ; 29)
ISBN 978-626-7531-30-3(平裝)

863.59　　114009418

島嶼新日常

無條件基本收入制的台灣想像

海穹文化
FB 粉絲專頁

海穹文化官方網頁
www.scifasauru.com

本書隸屬海穹的「Unique」書系

以台灣本土奇幻、科幻為筆，為這片我們熟悉又深愛的土地帶來嶄新而瑰麗的想像疆界。

作　者──曉由、阿宗、馬立、靜川、伍薰、大獵蜥、子藝、戲雪
附錄文案──蘇嘉冠、李品逸、魏嘉佑、吳至威、謝欣雅
書系企劃──伍薰（南瓜社長）
封面設計──陳有禾
內頁設計──愛莫&啞忑
標準字──陳有禾
校　對──陳羽鈞
法律顧問──蔡仁傑
品牌顧問──方世欽（POPO）
發行人──鄭惠真
出版者──海穹文化有限公司
地址：104 臺北市中山區南京東路二段 160 號 6 樓
電話：0921672903
scifasaurus@gmail.com
印　刷──鴻嘉彩藝
桃園市龜山區茶專路 147 號
總經銷──紅螞蟻圖書有限公司
地址：臺北市內湖區舊宗路二段 121 巷 19 號
電話：(02)2795-3656
傳真：(02)2795-4100
二〇二五（民一一四）八月初版一刷
ISBN 978-626-7531-30-3